古典詩歌研究彙刊

第二四輯

龔鵬程 主編

第2冊

唐詩安西書寫研究(上)

陳　興　著

國家圖書館出版品預行編目資料

唐詩安西書寫研究（上）／陳興 著 — 初版 — 新北市：花木蘭文化事業有限公司，2018〔民 107〕

序 4+ 目 2+148 面；17×24 公分

（古典詩歌研究彙刊 第二四輯；第 2 冊）

ISBN 978-986-485-439-4（精裝）

1. 唐詩 2. 詩評

820.91　　107011313

ISBN-978-986-485-439-4

古典詩歌研究彙刊

第二四輯　第 二 冊　　ISBN：978-986-485-439-4

唐詩安西書寫研究（上）

作　　者　陳　興

主　　編　龔鵬程

總 編 輯　杜潔祥

副總編輯　楊嘉樂

編　　輯　許郁翎、王筑　美術編輯　陳逸婷

出　　版　花木蘭文化事業有限公司

發 行 人　高小娟

聯絡地址　235 新北市中和區中安街七二號十三樓

電話：02-2923-1455／傳眞：02-2923-1452

網　　址　http://www.huamulan.tw 信箱 hml 810518@gmail.com

印　　刷　普羅文化出版廣告事業

初　　版　2018 年 9 月

全書字數　185018 字

定　　價　第二四輯共 9 冊（精裝）新台幣 15,000 元　

唐詩安西書寫研究（上）

陳興 著

作者簡介

陳興，1990 年生，遼寧朝陽人。2013 年入成功大學中文系碩士班學習，師從王偉勇教授研究唐宋文學。曾任中央研究院歷史語言研究所研究室助理，學習和從事古代文人考據的研究與編輯工作。自幼至今曾獲得鳳凰樹文學獎（古典詞組）等文學類及書畫類諸多獎項。學術研究興趣廣泛，尤致力於唐代文學與地域性文學研究領域。

提　　要

本書立足於唐詩，以安西書寫爲研究對象，結合歷史、地理、民族、軍事、心理等相關多學科的研究視角和方法，並以實地考察、統計圖表、編寫年表和手繪地圖爲輔助，旨在對唐詩中的安西書寫作出全面系統的分析和呈現。

首先，陳述安西書寫研究的意義和價值，展示其廣闊度、新奇度、故事性和趣味性。確立綜合性的研究方法、工作次序和基礎原則，爲後續研究提供可行性。對地域文學和邊塞書寫傳統作以整理，指出現有研究成果的不足與此次研究的必要性。並結合安西史地以及唐王朝的行政和疆域思想、體系，呈現安西圖像之型塑。其次，立足詩歌文本，從不同的情愫、視角和時期多種維度進行綜合、立體的分析，歸納安西書寫多樣複雜的思想內容及變化，其中有對親臨安西的來濟、駱賓王、崔融、岑參四位詩人進行的著重考證和探討，亦不乏對安西書寫分期的新創見解和梳理；結合當地自然、人文狀況以及詩歌發展脈絡，進行意象、修辭、風格等藝術表現方面的舉要，深入其形成原因；介紹其他邊疆地區和詩歌書寫，從比較中探討和凸顯安西書寫的精髓與獨特之處。最後，對研究進行總述與回顧，並淺談對安西書寫的發展與展望、地域性文學書寫的反思與觀照。

自　序

安西地處絲綢之路之上，是唐代西北邊疆最爲重要的熱點地區，是唐朝版圖中最爲廣大、奇險的一片領域，也是命途最爲多舛的邊疆地區之一。縱觀唐代，出於外部敵國侵佔、內部政策調整等原因，這片土地幾經波折，邊界範圍多次變動。也正因爲如此，加上奇特的自然景觀、多樣的風土民情，在這片土地上發生的事件也不勝枚舉。由此產生的文學作品更是有著數量大和故事性、趣味性強等特點，在史地和文學上都頗具研究價值。而作爲有唐一代的文學代表——詩歌，對這方地域的書寫既存在著典型性，又具有很多獨特性。

在以往的地域性文學書寫研究中，常著重關注在主流的中原地區或是一些地域性流派等方面，且慣用傳統的時間軸線，但也容易忽略文學複雜的發展狀況和横向比較，以及文學在不同自然、人文環境中滋長與交融這樣的動態聯繫。唐王朝在歷史演進中，已然成爲一個繁榮的多民族國家典範，對它的研究也必然需要更多學科結合，這也是對唐代文學研究提出的更爲複雜和嚴峻的考驗。在安西爲代表的邊疆地區，看似荒遠，卻直接與整個唐王朝的命脈和文化基因相連，是多民族、文明、宗教等激烈碰撞、深入交匯的邊緣地帶，也恰是考察這個時代文學較爲全面、直接、獨特的領域。以此展開對唐代文學地域性的研究，也是我對建構唐代多維度、動態性

「文學地圖」的第一次嘗試。

本書是我的碩士論文修訂而成，凝結了我在碩士期間學習的點點滴滴。它的完成，也為我整個在臺求學的經歷畫上了一個完滿的句點。這不僅是一次系統性學術訓練完成的標誌，也是我人生中最重要的階段之一。我在成大的校園裡，在臺灣的土地上，所見所得十分豐富，也十分深刻，影響著我的個人生命歷程，乃至未來的道路選擇。這些也都離不開給予過我支持和鼓勵的人們。

首先感謝我的父母，給了我一個康健之身和一個不羈靈魂，讓我能夠在這條文學的路上固執堅持地走到今天，也在我遠赴外地求學時，雖不捨思念，也多有擔憂，卻永遠守護、支持著我的每一個決定。甚至在寫作論文期間，還不遠萬里同我共赴「絲路」考察，足跡直達帕米爾高原，為我的論文提供了很大助力。

初入學林，幸得多位師長施教傳道，其中葉君遠教授是我大學時代的導師，引領我步入了古代文學的研究之路。碩士階段的導師王偉勇教授，其諄諄教誨則讓處於迷茫選擇的我最終確定了學術研究方向，並在論文選題、寫作上都給予了我最大量、最細緻的指導和啓發，甚至為我認真改正和講解每一個繁簡字的錯用。尤其在論文瓶頸之時，老師的博學和創意性的提點，往往能使人茅塞頓開。他在學術和生活中表現出的智慧與風趣，也讓我受益匪淺。碩士期間，另一位對我影響深刻、應致以感激的師長，便是中央研究院研究員陳鴻森教授。十分慶幸能夠在鴻森師的文史研究課程中得到肯定和指點，尤其是對於文史結合這種研究方式的教導，為我之後的研究提供了極大助益。

在臺期間，我還「遇見」了一生的伴侶毛韋智，從此步入婚姻，抵達了人生又一個里程碑。感謝那些生活上的細心關懷、貼心陪伴，感謝那些思想上的深刻啓發、激烈爭辯，更感謝一直以來的理解包容、共同成長、攜手向前。也感謝照顧關愛我的家人們，讓我在臺灣多了一個家。

還要感謝期間給過我幫助的許仲南、許淑惠、黃美惠等同門、同窗，感謝給我論文提供了寶貴意見的口考委員施懿琳、簡錦松二位老師，感謝成大及臺南的滋養，感謝研究中前人的奠基，感謝一次次的肯定與批評……一路走來，慶幸每一次抉擇都謹慎地自我否定、反復推敲、重構梳理，慶幸每一步都有眾人的幫助和激勵，才得以達到今天。謹以此爲一個節點，願自己不忘一個書生的初心，在文學及學術的道路上堅定地走下去。

2018 年 4 月 27 日　陳興序於臺北

目次

上冊

下　冊

圖目次

第一章　緒　論

一、導言

中國是一個歷史悠久、地域遼闊的多民族國家。在漫長的歷史歲月中，它的疆界範圍也隨著朝代的更迭而時有變遷。邊疆與中原，既有著密切聯繫，又有著諸多差異。一直以來，邊疆地區以其獨特的民族、宗教、政治、經濟、文化等特點，逐漸成爲重要的研究對象，出現在了很多學者的筆下，甚至發展出「邊疆史地」這一獨立、新興的學科方向。反映在文學領域，研究多見於邊塞文學和地域文學範疇中。但金克木在〈文藝的地域學研究設想〉中指出：

> 我覺得我們的文藝研究習慣於歷史的線性探索，作家作品的點的研究；講背景也是著重點和線的襯托面；長於編年表而不重視畫地圖，排等高線，標走向、流向等交互關係。是不是可以擴展一下，作以面爲主的研究，立體研究，以至於時空合一内外兼顧的多「維」研究呢？假如可以，不妨首先擴大到地域方面，姑且說是地域學（Topology）研究。〔註1〕

這一看法的确中肯，指出了文學史研究中常見的不足之處，也給了筆

〔註1〕金克木：〈文藝的地域學研究設想〉，《讀書》，1986年第4期，頁87～93。

者很大的啓發和研究靈感。所以本文從「安西」這一獨特的邊疆地域切入，結合歷史地理研究方法，深入分析唐詩，多方面探索這一地域性文學的特點和文學地域性發展的軌跡。

「安西」〔註2〕是「安西都護府」或「安西大都護府」的簡稱，在今新疆一帶（最大管轄範圍曾一度完全包括天山南北，并至蔥嶺以西至達波斯），是唐朝版圖中最爲廣大、奇險的一片領域，也是命途多舛的邊疆地區之一。縱觀有唐一代，出於外部敵國侵佔、內部政策調整等原因，這片土地幾經波折，邊界範圍多次變動。也正因爲如此，加上奇特的自然景觀、多樣的風土民情，在這片土地上的事件和故事也不勝枚舉。由此產生的文學作品更是有著數量大和故事性、趣味性強等特點。

二、研究動機

唐代是繼漢代之後高度強盛的朝代，它在政治上實現了東西的貫通和融合，在文化上成就了詩歌這一文學體式。唐詩作爲一代之文學，在文學史上有著後人無法比肩的地位和影響。唐人多用這種時代之文書寫所見所聞所感，也在寫作這種文體時進行了諸多的整合與創新。

考察唐代詩人筆下的書寫安西的文字，不僅可以看到詩歌的「興觀群怨」，還能探求到安西這一地域，在大唐王朝的統治下、在眾多詩人生命中的獨特地位和影響。

理論上，「安西」也屬於「邊塞」範圍，唐詩中的安西書寫亦屬於邊塞（疆）書寫的範圍，但安西卻因其獨有的地理歷史、人文風情在地域文學中脫穎而出。概而言之，與南方邊疆諸地等其他地區書寫

〔註2〕安西，與其他安東、安南等名稱相對照，應有安定西陲或西域之意。「安西」的概念和範圍也發生著變化，如較晚、較短時間出現的「北庭都護府」，將原來「安西都護府」的範圍分割去一部分，二者分治天山南北，後又幾經廢置分合，但基本制式未變，可列入本文「安西」範圍一併討論。

相比，唐詩中的安西書寫主要有以下幾個方面可作討論：

（一）地理人文景觀獨特，使得入詩的意象也具獨特性；

（二）受到西域樂舞最爲直接的融入和影響，韻律發生變化；

（三）處於東西眾多民族溝通往來要道「絲綢之路」之上，較之他地，是更多民族文化交融的重要地帶，作品也具有更大的廣闊度、新奇度；

（四）是唐王朝最爲重視的邊疆地區，歷來投入的人力、物力、財力、兵力都極爲可觀，因此產生了諸多故事，引入文學作品後，故事性、趣味性更得到加強；

（五）安西地區鄰近多爲敵國，更常發生戰爭和政治力量的博弈，這些也影響著詩人，使之產生的思想感情由直接強烈而變得複雜化。

以上初步呈現出的史地和文學特點，使筆者對安西這片土地產生了極大的研究興趣：無論是親身經歷還是聽說想象，安西的字眼都常常出現在詩人的口中、筆下，安西的景色都常常呈現在詩人的腦海中，只是隨著時代的變遷，詩人和作品都發生著潛移默化的變化。那麼唐代的安西究竟是一片怎樣的土地？這些詩人與安西有著怎樣的聯繫？這些詩人和詩作與同代詩人有何不同？又與前代先人和作品有何差異？這些都值得探討。然而這些都必須對安西書寫的發展背景、思想內容、藝術表現等方面進行全面的考察，并從最基本的翻閱史料、品讀詩歌做起。追溯這段歷史，探索這片土地，尋訪這群文士，品味這些詩歌，希望在解開這些謎題的同時，也能對這個領域的研究盡到綿薄之力。

三、研究方法

本論文所引用的書寫安西的詩歌，係依據《全唐詩》、《全唐詩補編》爲底本。既定題於「安西書寫」，則選詩原則並非只是全詩單純以「安西」爲吟詠對象、直接地摹寫「安西」風土的詩歌，而是凡是題目、題序中清楚標有「安西」，表明詩歌寫作對象、緣由，係出自與「安西」有關之活動的，包括酬唱、送別、應制等，如王維〈送劉司直赴安西〉（卷一百二十六，頁 1271）〔註 3〕、王維〈渭城曲〉（卷一百二十八，頁 1306）；或是詩歌文本中直接出現「安西」字眼，如岑參〈過磧〉（卷二百一，頁 2106）、張籍〈涼州詞〉（卷二十七，頁 4357）；或是全詩中出現安西之別稱「鎮西」的，如雜曲歌辭〈鎮西〉（卷二十七，頁 388）、岑參〈醉裏送裴子赴鎮西〉（卷二百一，頁 2101）；或是詩中出現安西境內之具體地名「龜茲」、「交河」、「天山」等，如呂敞〈龜茲聞鶯〉（卷七百八十二，頁 8836）、李白〈于闐採花〉（卷二十六，頁 361）。此外，詩文中並無具體地理方位的字眼出現，但可考察詩歌背景及詩人年譜等資料，確定詩歌寫於安西或是摹寫安西之人、事、物的，也都歸之於本論文探討範圍內，如岑參〈寄宇文判官〉（卷二百，頁 2064）。筆者在選詩時，遵從歷史地理發展的脈絡，隨著唐王朝力量和邊疆政策的變化，「安西」的概念和範圍也發生著變化，如較短時間出現的「北庭」，將原來「安西」的範圍分割去一部分，二者分治天山南北，後又幾經廢置分合，但基本制式未變，可列入本文「安西」之範圍一併討論。且由於本論文討論的關注點在於「安西」這一具體而獨特的地點，所以凡是書寫更大概念和範圍的「西域」、「磧西」〔註 4〕詩歌皆不在本論文探討的範圍內，只作爲本文討論的背景源流和補充介紹。這也可以和探討唐代邊塞詩、西域詩的論文相區別，體現本文的價值所在。

〔註 3〕凡是本論文所引的詩歌，少數出自於《全唐詩補編》，多出自《全唐詩》，所以在引用論述時，直接標明該詩在《全唐詩》中的頁碼，不再以註腳方式附註，出自《全唐詩補編》者，以「《補編》」標示。另外，凡選入本文的「安西書寫」詩歌，皆列入附錄一覽表中，文中出自《全唐詩》的「安西書寫」詩歌，皆標註出卷數、頁碼，而未選入者只標註頁碼。

〔註 4〕「西域」、「磧西」等概念範圍較大，本文第二章會對這些相關概念進行釐清與論述。

根據上述選詩原則，檢索《全唐詩》、《全唐詩補編》，排除張籍〈西州〉〔註 5〕、朱慶餘〈送李侍御入蕃〉〔註 6〕、李子昂〈西戎即敘〉〔註 7〕等一些易被誤導或有爭議的詩歌，共得「安西書寫」詩歌二百餘首。繼之，再利用《漢語大辭典》、《唐詩百科大辭典》、《唐詩

〔註 5〕徐禮節、余恕誠：《張籍集繫年校注》注：「西州：張籍自創的新樂府題。西州，泛指西部州郡。唐賈島《岐下送友人歸襄陽》：『蹉跎隨汎梗，羈旅到西州。』此指隴右地區；集評：（清）沈德潛：『西州屬隴右道，天寶末陷於吐蕃。此願中朝恢復，於烈士有厚望焉。』（《重訂唐詩別裁集》卷四）」，中華書局，2011 年 6 月，頁 4；胡大浚：《唐代邊塞詩選註》注：「西州，又名交河郡，貞元七年（791）陷於吐蕃，據詩意這裡的西州當泛指西邊各州郡，即隴右以西之地」，甘肅教育出版社，1990 年 8 月，頁 243；許明善：《唐宋邊塞詩詞選粹》注「唐置州名，治所在高昌（今新疆維吾爾自治區吐魯番東南），轄境相當今吐魯番盆地一帶。這裡泛指被侵擾者的軍隊佔據的西北廣大地區」，甘肅人民出版社，1986 年 5 月，頁 144。

〔註 6〕此詩（卷五百一十四，頁 5869）中雖語及「玉關道」卻主要寫入吐蕃之途，也許前半程與赴安西路近似，但仍存爭議，不確定是否確實途徑安西，姑且不列入詩目中。

〔註 7〕西戎，秦前原爲對鬼戎、犬戎等諸多西部群族合稱，後泛指西部少數民族政權，尤其是西北部各部族，古代天下觀念中區別與中原王朝政權，常與「南蠻」、「東夷」、「北狄」指稱四方部族。南北朝時還在西域境內設置「西戎校尉」，史籍多列「西戎」或「西域」傳，如《晉書・卷九十七・列傳第六十七・四夷・西戎》將「吐谷渾、焉耆國、龜茲國、大宛國、康居國、大秦國」，《舊唐書卷一百九十八・列傳第一百四十八・西戎》目中，也將「泥婆羅、党項羌、高昌、吐谷渾、焉耆、龜茲、疏勒、於闐、天竺、罽賓、康國、波斯、拂菻、大食」列入，杜佑《通典》也將西域作爲西戎一部分列入等，參考吳偉：〈從特指到泛指：西戎名號變遷〉，《中國社會科學報》，2016 年 4 月；楊東晨：〈隴右地區西戎民族集團的諸族考辨——兼論傳說時代和三代時期隴右民族格局的形成〉，《天水師範學院學報》第 26 卷第 6 期，2006 年 11 月。李錦繡：〈《通典・邊防・西戎》「西域」部分序說〉，《歐亞學刊》第七輯，2005 年；等等。唐詩中有用其狹義概念者，主要指氐羌系部落，如此詩〈西戎即敘〉（頁 8833）中便單指吐蕃，但局限於只有部分明確特指情況或尚存很大爭議，本文對於多數情況普遍採取其前者廣義概念。其中，選入安西書寫的詩歌，也多爲其廣義概念指稱安西諸少數民族政權，如周存〈西戎獻馬〉（頁 3288）。

分類大辭典》以及唐代詩人別集、年譜等書，對所選詩歌進行一一箋注，以求能盡力明瞭詩人所欲表達的思想內容、詩歌的寫作背景，以及典故、用詞所使用的情形、後人對詩歌的評價賞析等。撰寫本論文的第一步便是箋注，也是文學探討的基本工夫，卻不是能一蹴而就的，無論是在論文起筆前，還是在論文寫作中，凡是閱讀或搜集到相關文獻資料，就繼續補充、更新箋注內容，力求這些詩歌箋注的完整和充分。

在論文寫作時，先擬出大綱，分出章節：第一章是緒論，首先說明研究對象、研究動機、研究方法、研究現狀。第二章唐詩安西書寫的發展背景，共分兩節，一是「安西」的形成發展及獨特性，二是與邊塞詩傳統的聯繫，在於了解促使安西書寫出現和發展的原因，以及在歷史上的地位，主要以史地、文藝環境爲探討的重點。在此部分，筆者也會多方考察，進行一些文史方面的細緻考證。因此，本章也可視爲唐詩安西書寫的探源。第三章唐詩安西書寫的思想內容，分爲三個角度，一是按照詩歌傳統類型歸納詩歌主題，二是按詩人視角討論主題的差異，三是按時間來分期分析詩歌的主題和詩人心態，探尋安西背後、詩人背後所依託的唐王朝的命運和文學地域性、時代性的發展軌跡。第四章唐詩安西書寫的藝術表現，共分三節，一是意象的呈現，二是修辭技巧的運用，三是詩篇風格的表現，這些方面的探討，不僅舉要論述書寫安西的修辭、意象、風格的表現情形，同時對構成此類詩歌表現的原因也一併討論。第五章論述對比中的唐詩安西書寫，與其他邊疆地區相比較，凸顯安西書寫之獨特。第六章爲論文的結論，會整合全文的論述，進行分析、反思與前瞻。

四、研究現況

（一）地域文化和安西的史地

研究地域文學，首先要對中國歷史地理有一個總體的了解，對中國古代政治區域劃分、建構和演變介紹較爲全面和直接的作品，便成爲了此類研究的基礎教材和工具書，這類作品如《中國歷史政治地理十六講》〔註8〕、《中國歷史地圖集》〔註9〕等。還有許多專注於唐代西北區域的論述，如《西域考察與研究》〔註10〕、《唐代經營西北研究》〔註11〕。考證安西建置、治理的政治史方面的論文也有很多、很豐富，只是有些零散，並不完整全面，如〈初唐的西域經營與安西都護府〉〔註12〕、〈安西都護府治西州境內時期的都護及年代考〉〔註13〕、〈唐代安西都護府的設立及其所屬都督府州考〉〔註14〕、〈唐代安西建置級別的變化、反覆與安西四鎮的廢棄〉〔註15〕、〈關於安西、北庭研究中的幾個問題〉〔註16〕、〈唐代安西、北庭兩任都護考補〉〔註17〕、〈從安西、北庭都護府的設置看唐朝對西域的治理〉〔註18〕「西域」概念的變化與唐朝「邊境」的西移——兼談安西都護府在唐

〔註8〕周振鶴：《中國歷史政治地理十六講》，北京：中華書局，2013年12月北京第一版。

〔註9〕譚其驤主編：《中國歷史地圖集》，北京：中國地圖出版社，1982年10月第一版。

〔註10〕馬大正、王嶸、楊鐮主編：《西域考察與研究》，烏魯木齊：新疆人民出版社，1994年9月第一版。

〔註11〕王永興：《唐代經營西北研究》，蘭州：蘭州大學出版社，2010年9月第一版。

〔註12〕王仲孚：〈初唐的西域經營與安西都護府〉，《臺灣師大歷史學報》，2011年第三期。

〔註13〕柳洪亮：〈安西都護府治西州境内時期的都護及年代考〉，《新疆社會科學》，1986年第2期，頁123～125。

〔註14〕蘇北海：〈唐代安西都護府的設立及其所屬都督府州考〉，《喀什師範學院》，1988年第4期，頁23～35。

〔註15〕薛宗正：〈唐代安西建置級別的變化、反覆與安西四鎮的廢棄〉，《中國邊疆史地研究》，1993年第4期，頁44～53。

〔註16〕薛宗正：〈關於安西、北庭研究中的幾個問題〉，《西域研究》，1997年第1期，頁21～26。

〔註17〕劉安志：〈唐代安西、北庭兩任都護考補——以出土文書爲中心〉，《武漢大學學報（人文科學版）》，2001年1月第1期，頁62～66。

〔註18〕王恩春：〈從安西、北庭都護府的設置看唐朝對西域的治理〉，《昌吉學院學報》，2008年第4期，頁72～75。

政治體系中的地位〉〔註19〕、〈唐安西都護府駐軍研究〉〔註20〕等，都對本文提供了參考。

至於安西史地文化的研究有兩部力作：石墨林編著的《唐安西都護府史事編年》〔註21〕、薛宗正所著的《安西與北庭——唐代西陲邊政研究》〔註22〕。《唐安西都護府史編年》一書是在蒐集史料和文獻的基礎上編撰完成，其特點有三：一是注意地下出土文獻的資料的蒐集；二是對唐安西都護府史事的編撰并不止於安西分化的德宗貞元十一年（795），而是延伸至唐末；三是史料後附有提按；四是在編年體總的編纂體例下，靈活運用多種編纂方法和技巧。《安西與北庭》對安西歷史地理進行全面、系統、立體考察，敘述了從太宗時期到玄宗時期的邊防形式、建置、政策的沿革，涉及到了唐代西陲邊政的建構、經濟、民族、文化、宗教、軍事等多個方面。書后還附有大事記、歷任長官表。該書以史學視角，將安西與北庭的演變置於唐王朝與周邊多種宗教、民族、國家勢力的大格局中審視，上升到了文明衝撞的層面。書中還指出：「唐朝的主要挑戰者已不是來自北方，而是來自西方。這種挑戰與應戰導致唐朝西部開拓事業的進退推移，曲折反覆，考驗著唐朝的政治、軍事實力和外交、文化的應戰能力，也在考驗著我們傳統的華夏文明的應變性和生命活力。」〔註23〕這些都與以往只從唐朝各個時期所發生的具體事件對唐代西陲邊政所產生的直接影響相比，視野更為開闊，層次也更加深刻。

〔註19〕榮新江、文欣：〈「西域」概念的變化與唐朝「邊境」的西移——兼談安西都護府在唐政治體系中的地位〉，《北京大學學報（哲學社會科學版）》，2012年7月第4期，頁113～119。

〔註20〕陳國燦：〈唐安西都護府駐軍研究〉，《新疆師範大學學報》（哲學社會科學版），2013年5月第3期，頁55～61。

〔註21〕石墨林：《唐安西都護府史事編年》，烏魯木齊：新疆人民出版社，2012年3月第一版。

〔註22〕薛宗正：《安西與北庭——唐代西陲邊政研究》，哈爾濱：黑龍江教育出版社，1998年12月修訂版。

〔註23〕《安西與北庭——唐代西陲邊政研究》，頁18。

（二）地域文學和邊塞詩

二十世紀七十年代末，由地域史地研究演發，將傳統的文獻學研究和「知人論世」的歷史文化研究結合起來，便在文學領域形成了一個地域文學和詩人群體研究的新潮。到了九十年代又發展到和家族研究、區域文化研究結合起來〔註24〕，唐代文學領域的作品如〈唐代文學的文化規定〉〔註25〕、《唐代幕府與文學》〔註26〕、《唐代文學家族的地域性及其家族文化探究》〔註27〕、《唐代三大地域文學士族研究》〔註28〕等。隨著研究深入，許多具體的地域文學研究作品也湧現出來，如〈唐代關中士族與文學〉〔註29〕、〈唐代溫州地域內外詩歌創作活動考論〉〔註30〕等。其中涉及到安西這一地域的研究成果有《唐代文學與西北民族文化研究》〔註31〕、《新疆歷史研究論文選編》〔註32〕、《唐詩與西域文化》〔註33〕、《唐代西域詩研究》〔註34〕。

地域邊塞詩歌的研究已久，古籍整理、選注、討論的作品眾多，但因爲其涉及到邊疆和戰爭等敏感問題，所以研究方法也在前人的不

〔註24〕可參見陳友冰：〈中國大陸五十年來古典文學研究觀念的演進及思考——以唐代文學研究爲主〉，《逢甲人文社會學報》，2002年5月第4期，第15～45頁。

〔註25〕陳選公：〈唐代文學的文化規定〉，《鄭州大學學報》，1996年1月版。

〔註26〕戴偉華：《唐代幕府與文學》，北京：現代出版社，1990年版。

〔註27〕童岳敏：〈唐代文學家族的地域性及其家族文化探究〉，《人文雜誌》，2009年第3期。

〔註28〕李浩：《唐代三大地域文學士族》，北京：中華書局，2002年10月第一版。

〔註29〕李浩：《唐代關中士族與文學》，臺北：臺北文津出版社，1999年版。

〔註30〕錢志熙：〈唐代溫州地域内外詩歌創作活動考論〉，《國學研究》，2014年第1期。

〔註31〕高人雄主編：《唐代文學與西北民族文化研究》，北京：民族出版社，2008年9月第一版。

〔註32〕《新疆通史》編撰委員會編：《新疆歷史研究論文選編》，烏魯木齊：新疆人民出版社，2008年12月第一版。

〔註33〕海濱：《唐詩與西域文化》，上海：華東師範大學博士論文，2007年。

〔註34〕姚春梅：《唐代西域詩研究》，武漢：華中師範大學碩士學位論文，2006年。

斷探索和熱烈爭論中逐漸成熟和定型。〔註35〕在1984年的唐代文學學會第二屆年會上，出現了邊塞詩研究熱，很多學者們對邊塞詩的定義進行了斟酌和探討，產生了優秀的論文集《唐代邊塞詩研究論文選粹》〔註36〕。之後，出現了一些對歷代邊塞詩整體研究的經典專著，如黃剛的《邊塞詩論稿》〔註37〕、任文京的《中國古代邊塞詩史》〔註38〕等。這些作品以文學史的形式介紹邊塞詩，重心還是放在了唐代部份。

唐代邊塞詩的輯錄和選注的作品很多，主要應用的版本有許明善《唐宋邊塞詩詞選粹》〔註39〕、胡大浚《唐代邊塞詩選注》〔註40〕、孫全民《唐代邊塞詩選注》〔註41〕、李炳海、于雪棠《唐代邊塞詩傳》〔註42〕等，從許本以歌詠西北（尤以甘肅）地區詩篇爲主，到胡本擴充至四方邊塞地區詩篇，再到之後版本背景資料與解析的愈加豐富，這方面的成果顯著。另外，有關於西部地區歷代邊塞詩的選本和注本，如《歷代西域詩選注》〔註43〕、《歷代西域詩鈔》〔註44〕、《歷代

〔註35〕參見陳友冰:〈中國大陸五十年來古典文學研究觀念的演進及思考——以唐代文學研究爲主〉,《逢甲人文社會學報》,2002年5月第4期，第15～45頁。

〔註36〕西北師範學院中文系、西北師範學院學報編輯部編:《唐代邊塞詩研究論文選粹》，甘肅教育出版社，1988年5月第一版。從論文集中可以看到，邊塞詩的定義並不一致，可以分爲具體的狹義和寬泛的廣義兩種。本文採用較爲廣泛的邊塞詩的定義和概念，在下文第二章中會具體說明。

〔註37〕黃剛:《邊塞詩論稿》，合肥：黃山書社，1996年8月第一版。

〔註38〕任文京:《中國古代邊塞詩史》，北京：人民出版社，2010年3月第一版。

〔註39〕許明善:《唐宋邊塞詩詞選粹》，蘭州：甘肅人民出版社，1986年5月第一版。

〔註40〕胡大浚:《唐代邊塞詩選注》，蘭州：甘肅教育出版社，1990年版。

〔註41〕孫全民:《唐代邊塞詩選注》，合肥：黃山書社，1992年9月版。

〔註42〕李炳海、于雪棠:《唐代邊塞詩傳》，長春：吉林人民出版社，2000年1月版。

〔註43〕《歷代西域詩選注》編寫組:《歷代西域詩選注》，烏魯木齊：新疆人民出版社，1981年第一版。

〔註44〕吳藹宸選輯:《歷代西域詩鈔》，烏魯木齊：新疆人民出版社，2001年8月第二版。

西域屯墾戍邊詩詞選注》〔註45〕、《邊塞詩》〔註46〕。有關唐代邊塞詩的整體論著，一直是文學熱點，作品不斷湧現。較早的有《總是玉關情——唐代邊塞詩初探》〔註47〕、《盛唐邊塞詩評》〔註48〕等，作者多以時間爲線索，分爲初唐、盛唐、中晚唐三期，重在梳理邊塞詩的起源和發展脈絡。還有關注於藝術特色的成果，如《中晚唐邊塞詩意象研究》〔註49〕。一些較爲特別的作品如任文京的《唐代邊塞詩的文化闡釋》〔註50〕，著重於唐代邊塞詩的主題思想，從而向唐代邊塞詩人內在的精神世界和心態意識進行探索。其中曾簡要統計出唐代邊塞詩人的籍貫和出塞游邊情況，意在論述地域文化對邊塞詩人的影響。《唐代邊塞詩與唐代疆域沿革關係倫略——以所涉邊塞地名爲中心》〔註51〕、《唐代邊塞詩特定背景研究——由漢至唐從中原赴西域路線的考察》〔註52〕，重在考察地點、路線，由點到線、從古到今進行探討，對本文背景研究幫助很大。〈論唐代邊塞詩中的韻〉〔註53〕從語言學的角度，以《唐代邊塞詩選注》〔註54〕爲基礎文本，簡要分

〔註45〕星漢、王瀚林選注：《歷代西域屯墾戍邊詩詞選注》，烏魯木齊：新疆人民出版社，2001年9月第一版。

〔註46〕劉東穎：《邊塞詩》，北京：中華書局，2015年1月第一版。

〔註47〕何寄澎：《文化叢刊・總是玉關情——唐代邊塞詩初探》，臺北：聯經出版事業公司，民國67年6月初版。

〔註48〕漆緒邦：《盛唐邊塞詩評》，太原：山西人民出版社，1987年8月第一版。

〔註49〕張瓊文：《中晚唐邊塞詩意象研究》，上海：復旦大學碩士學位論文，2013年。

〔註50〕任文京：《唐代邊塞詩的文化闡釋》，北京：人民出版社，2005年12月第一版。

〔註51〕郁沖聰：《唐代邊塞詩與唐代疆域沿革關係倫略——以所涉邊塞地名爲中心》，濟南：山東大學碩士學位論文，2015年。

〔註52〕何央央：《唐代邊塞詩特定背景研究——由漢至唐從中原赴西域路線的考察》，杭州：浙江大學碩士學位論文，2012年。

〔註53〕黃曉東、寧博涵：〈論唐代邊塞詩中的韻〉，《新疆大學學報（哲學・人文社會科學版）》，2014年9月第5期。

〔註54〕胡大浚：《唐代邊塞詩選注》，蘭州：甘肅教育出版社，1990年8月版。

析了唐代邊塞詩韻的使用狀況和作用；〈試論唐代邊塞詩「以漢喻唐」模式〉〔註 55〕、〈唐代邊塞詩對漢代歷史文化的記憶與書寫〉〔註 56〕細緻介紹了唐代邊塞詩對漢代以來邊塞詩傳統的繼承，以及中所具有的「漢代情結」。《漢唐邊塞詩研究》則是看到了漢唐兩代邊塞詩的共通性，放在一起進行總結和歸納，但未免忽視了兩代詩歌的差異性。還有具體的文學作品分析，如〈陽關與陽關詩〉〔註 57〕、〈千年一曲唱〈陽關〉——王維〈送元二使安西〉的傳唱史考述〉〔註 58〕、〈讀〈送元二使安西〉札記〉〔註 59〕等。

（三）書寫安西的詩人研究

在文學史上，歷代描寫西北塞上的詩人眾多，研究作品也很多，尤其是以高岑爲最〔註 60〕，但其他詩人或者像薛宗正的《歷代西陲邊塞詩研究》〔註 61〕和《邊塞詩風西域魂——古代西部詩攬勝》〔註 62〕這樣，以詩人爲中心、貫穿時代、分章作介紹的作品比較少見。涉及到唐代的研究成果不過十餘篇，多是從一個角度分析詩歌，論文如〈唐詩中的西域意象及其文化意蘊〉〔註 63〕、〈漫論西域詩的愛

〔註 55〕張玉娟：〈試論唐代邊塞詩「以漢喻唐」模式〉，《山東社會科學》，2004 年第 3 期。

〔註 56〕何蕾：〈唐代邊塞詩對漢代歷史文化的記憶與書寫〉，《中南民族大學學報（人文社會科學學版）》，2013 年 9 月第 5 期，頁 139～143。

〔註 57〕史國強：〈陽關與陽關詩〉，《西域研究》，2007 年第 1 期，頁 106～110。

〔註 58〕王兆鵬：〈千年一曲唱〈陽關〉——王維〈送元二使安西〉的傳唱史考述〉，《文學評論》，2011 年第 2 期，頁 151～156。

〔註 59〕朱鑒民：〈讀〈送元二使安西〉札記〉，《北京師範大學學報（社會科學版）》，1984 年第 6 期，頁 93～94。

〔註 60〕這點應該與邊塞詩研究熱潮有關，卻也因爲當時邊塞詩的定義和概念並不明確，大多數的研究還侷限在唐代，甚至是西北邊塞。

〔註 61〕薛宗正：《歷代西陲邊塞詩研究》，蘭州：敦煌文藝出版社，1993 年 4 月第一版。

〔註 62〕薛宗正：《邊塞詩風西域魂——古代西部詩攬勝》，烏魯木齊：新疆青少年出版社，2003 年 3 月第一版。

〔註 63〕郭院林：〈唐詩中的西域意象及其文化意蘊〉，《蘭州學刊》，2009 年

國主義〉〔註64〕等。〔註65〕

其實在歷史上，確實曾經到過西北邊塞的唐代詩人有駱賓王、岑參、高適、李益等少數幾人。其中以岑參最爲著名，創作的詩歌數量也最多，他也是確有史料明確記載到過安西的詩人。岑參個人作品詩集有《岑嘉州詩箋註》〔註66〕、《岑參集校注》〔註67〕、《岑參邊塞詩選》〔註68〕等幾種。研究著作從20世紀八十年代後逐漸豐碩〔註69〕，如《論岑參的邊塞詩》〔註70〕等，其中與本文關聯密切、涉及到地名考證的有〈以詩證史：岑參邊塞詩中有關唐代西域名稱的變遷〉〔註71〕、〈岑參赴安西路途考證〉〔註72〕、〈岑參安西之行事蹟新考〉〔註73〕、〈岑參對唐詩西域之路的雙重建構〉〔註74〕。此外，其他詩人的

第7期，頁189～193。

〔註64〕胥惠民：〈漫論西域詩的愛國主義〉，《新疆社會科學》，1984年第1期。

〔註65〕可參閱姚春梅：〈唐代西域詩研究綜述〉，《喀什師範學院學報》，2007年3月第2期，頁67～71。

〔註66〕廖立：《岑嘉州詩箋註》，北京：中華書局，2004年9月第一版。

〔註67〕陳鐵民：《岑參集校注》，上海：上海古籍出版社，1981年版。

〔註68〕張輝選注：《岑參邊塞詩選注》，北京：人民文學出版社，1981年11月第一版。

〔註69〕20世紀80年代後，岑參詩歌的研究領域由起初的詩歌文本研究擴展到了美學、繪畫等領域，詩人之間的比較研究也有新的開拓。呈現出多領域、多角度和多層次的綜合研究態勢。可參閱邱美玲〈近三十年岑參詩研究綜述〉，《綏化學院學報》，2011年6月第3期，頁90～93。

〔註70〕李傳偉：《論岑參的邊塞詩》，濟南：山東大學碩士學位論文，2008年。

〔註71〕朱秋德：〈以詩證史：岑參邊塞詩中有關唐代西域名稱的變遷〉，《中國文學研究》，2006年第1期，頁42～44。

〔註72〕史國強、趙婧：〈岑參赴安西路途考證〉，《新疆大學學報（哲學・人文社會科學版）》，2007年1月第1期，頁71～76。

〔註73〕李芳民：〈岑參安西之行事蹟新考〉，《復旦學報（社會科學版）》，2014年第5期，頁89～96。

〔註74〕海濱：〈岑參對唐詩西域之路的雙重建構〉，《中華文史論叢》，2012年第2期，頁165～397。

別集有《高適詩集編年箋註》〔註75〕、《張籍集繫年校注》〔註76〕、《王昌齡詩注》〔註77〕等，關於詩歌的研究文章中較爲特別的是詩人、詩作間的比較分析，且不僅僅侷限在讀者熟識的高岑比較。

總體來說，學界對安西有關內容的研究較爲廣泛，涉及到的學科眾多。但一方面，因爲涉及到國家、領土、主權和民族關係等敏感問題，研究起來複雜而廣泛，也導致這方面的研究停滯不前，關注度不夠，研究力度不足；一方面，這種研究主要還集中在史地方面，文學領域少有人問津，或只是流於評註，分析詩歌的藝術特色，對詩歌中所包含的地域文化、詩人心態的轉變等方面關注不多。

鑒於此前研究成果的豐富與不足，筆者希望結合多學科、多領域的研究方法和視角，對唐詩中的安西書寫進行深入考察分析，力圖在整理、箋註詩歌的基礎上，分析詩歌的思想主題和藝術特點，并結合客觀地理歷史環境的同時，關照到詩人的心路歷程探索，進而探尋唐代地域文學發展演進的規律和特點。

〔註75〕劉開揚撰：《高適詩集編年箋註》，北京：中華書局，1981年12月第一版。

〔註76〕徐禮節、余恕誠校注：《張籍繫年校注》，北京：中華書局，2011年6月第一版。

〔註77〕李雲逸注：《王昌齡詩注》，上海：上海古籍出版社，1984年9月第一版。

第二章　安西圖像的型塑

第一節　命名與區域的發展

一、行政區域劃定的模糊性

（一）區域、命名與辨析

從古到今，西部邊疆地區一直為王朝統治者所重視。漢稱之為西域（西域都護府），唐則稱其為安西（安西都護府），或廣稱之為磧西。「磧」指橫亙於今哈密與敦煌之間的流沙大磧，古稱莫賀延磧。「磧西」便指的是越過這片流沙大磧的大片區域。它以蔥嶺為地理和政治的分界：蔥嶺以東區域，大體與今新疆維吾爾族自治區疆界相符。其中天山以北大多是草原，越過額爾齊斯河與漠北相連，是匈奴、柔然、突厥、回鶻等古代遊牧民族主要居住地；天山以南則為廣袤的沙漠和星星點點的綠洲，古為定居民族城邦諸國的故鄉，通過長期的強弱兼併，至隋唐已大體定型為高昌、焉耆、龜茲、疏勒、于闐五大主要城邦國家。蔥嶺以西，又別為一域，烏滸水和藥殺水之間是其經濟、政治、文化中心，分佈著康、安、米、史、曹等大大小小的粟特城邦，即所謂的「昭武九姓」，烏滸水域有以吐火羅為盟主的十六國，藥殺、真珠二水間的盆地古為大宛地，唐為拔汗那國，藥殺以北為草原，與

天山北麓草原相連。〔註 1〕

在中國古代史中，「西域」一詞則有廣義和狹義之分。狹義是指漢代武帝時期設置的西域都護府；廣義則泛指西部地區，包括管轄內的西域都護府舊地，也包括不受中原王朝管轄的邊疆民族政權區域以及更爲偏西的波斯、天竺等國地域。唐代人們多用「西域」指稱蔥嶺以西的少數民族政權統治區域及游離于中央王朝實際管控的地區。雖然也有雜用其廣義概念時，但大多數情況下，轄內的西部地區還是以「安西」稱之，大抵可以玉門關爲中原和西部之界。實際上，唐代已少有人使用「西域」一詞指稱西部地區，所以一些論及唐詩的論文中使用「西域」，其實是在使用後世慣用的「西域」概念，并不完全符合唐代的時代性討論。且本文所關注的重點在於安西（都護府）這一特定的、唐王朝有效控制的區域內，所產生的相關的文學現象和詩人及詩作，故不以模糊性更大的「西域」或範圍更大的「磧西」入題。

〔註 1〕 參閱薛宗正著：《安西與北庭——唐代西陲邊政研究》，哈爾濱：黑龍江教育出版社，1998 年 12 月修訂版，頁 7～8。

圖為筆者手繪唐安西區域圖〔註2〕

〔註2〕 圖示爲較盛時期所轄範圍，約爲總章二年（669），筆者參閱《中國歷史地圖集》等書繪製，將唐詩中所涉及的大多數地點細緻標出。

（二）安西都護府的沿革

唐代建立安西都護府，承襲的是漢代制度。據《漢書》記載，漢代秦興後，匈奴卻一直稱霸北方乃至西域地區。漢武帝時張騫出使西域諸國，取得巨大成就，才開始對匈奴發動了全面反擊，並在西域屯田。到了漢宣帝神爵二年（前 60），匈奴日逐王降漢，次年漢王朝創立了西域都護府，任命鄭吉爲都護，正式將西域納入了版圖。漢王朝統治者還創立了戊巳校尉，主管西域屯田，表明了長期經營西域的理念。此後，便有大量的軍民西遷，并落地生根，成就了早期的民族融合。從此，西域之名亦流傳下來。兩漢及之後的時代，雖然西域都護府經歷了改制、戰亂等風波，統治者也由此西域都護改稱西域長史，但其傳承仍在，「流沙東西依然保持著區域的政治統一」〔註 3〕。即使是五胡入華後，西域的大部分地區也都置於西涼、北魏等深刻漢化的統治之下，繼承著漢制。

唐王朝的疆域大致經歷了幾個不同的發展階段：高祖時期的草創、太宗時期的初步定型、高宗至安史之亂前的極盛、天寶之後的縮小。〔註 4〕而這些變化都主要、清晰地反映在了安西之地的變化上。〔註 5〕高祖時期，唐王朝統一了中原，但邊疆地區仍未納入其有效的管轄內。尤其是稱霸北部的（東）突厥，雖然之後北部力量瓦解，但偏居於西北之地的西突厥，不時挾制磧西諸國，與唐王朝進行對抗。

高昌作爲磧西惟一的漢族移民政權，一方面奉行效忠中原朝廷的政策，另一方面在突厥的威逼利誘下，逐漸由親唐變爲反唐。貞觀十

〔註 3〕 參閱薛宗正著：《安西與北庭——唐代西陲邊政研究》，哈爾濱：黑龍江教育出版社，1998 年 12 月修訂版，頁 10。

〔註 4〕 李大龍著：《唐代邊疆史》，北京：中國社會科學出版社，2013 年 5 月第 1 版，頁 5。

〔註 5〕 此部分略作概述，詳細發展過程及脈絡參閱附表二〈安西書寫相關記事年表〉。

三年（公元 639），高昌進一步挑釁，唐太宗決定發兵高昌。〔註 6〕

唐太宗貞觀十四年（公元 640）八月，唐王朝的鐵騎滅掉了高昌國，唐太宗力排眾議〔註 7〕，改置西州。一個多月後，更在西州建立安西都護府，定址於交河城，但將漢代「西域都護」改爲「安西都護」，表明了唐王朝安定西部邊疆的目的和決心。

太宗貞觀十八年（644），安西都護府郭孝恪率軍攻破焉耆，俘獲焉耆王，遂設焉耆都護府，隸於安西都護府。貞觀二十二年（648），蕃將阿史那社爾領兵破龜茲；黠戛斯來降，置堅昆都督府。貞觀二十三年（649），瑤池都督府、龜茲都督府、毗沙州創立；庭州創置，磧西三州（西、伊、庭）皆備。

高宗顯慶二年（657），唐將蘇定方等擒西突厥叛首阿史那賀魯，各部歸降，西突厥滅亡。次年，河中諸國降唐，置康居都督府（康國）、貴霜州（何國）、佉沙州（史國）等眾多安西羈縻州府，並移都護府至龜茲，立四鎮（龜茲、于闐、疏勒、碎葉），〔註 8〕西州改置都督府，安西晉級爲大都護府，〔註 9〕置原突厥兩廂爲昆陵、濛池兩都護府。高宗龍朔元年（661），唐王朝又在天山南北、蔥嶺以西「皆分置州府，西盡於波斯，并隸安西都護府。」〔註 10〕至此，安西之羈縻府州系統

〔註 6〕 見宋．司馬光編著：《資治通鑒》，北京：中華書局，1956 年版，卷一百九十六，頁 6178。

〔註 7〕 當時魏徵等大臣認爲，置州縣等做法會空耗國力，應把精力集中在中原治理上，參閱《舊唐書》卷一百九十八，頁 5296。但太宗不顧大臣反對在高昌設置西州及安西都護府的原因有三：一是有意效仿漢王朝經營西域；二是有助於加強和邊疆民族政權的關係，消除往來的中間障礙；三是借鑒了吐谷渾的教訓，需加強對高昌地區的統治，參見李大龍著：《唐代邊塞史》，頁 86。

〔註 8〕 關於四鎮，存在不同的說法，另一說來自《唐會要》，四鎮中無碎葉而有焉耆，薛宗正在《安西與北庭——唐代西陲邊政研究》中支持「焉耆說」，詳見頁 87～88。

〔註 9〕 薛宗正在《安西與北庭——唐代西陲邊政研究》中，考證了安西都護府到大都護府的過程，論證了安西大都護府創於顯慶三年（658），并指出了「都護府」與「大都護府」的不同，詳見頁 84～87。

〔註 10〕 《舊唐書》卷一百九十四，頁 5187。

基本具備，唐王朝在西北地區的疆域已達最盛。

高宗乾封二年（667）之後，吐蕃大舉西寇，攻佔多個府州。安西也從大都護府復爲都護府，曾還治西州。〔註 11〕高宗咸亨元年（670），吐蕃陷龜茲，四鎮既罷〔註 12〕。咸亨二年（671）後，西域諸國威脅解除，也因唐統治之策，紛紛恢復傳統國號，唐王朝在蔥嶺以西諸國地區建置的各羈縻州府漸隨之瓦解。

咸亨四年（673），肖嗣業統兵平定了弓月、疏勒之亂後，唐王朝在安西又創立了毗沙、龜茲、焉耆、疏勒四鎮羈縻都督府〔註 13〕，恢復了唐王朝在西域諸國的影響力。高宗調露元年（679），裴行儉統兵西征，平定阿史那都支，「以碎葉、龜茲、于闐、疏勒爲四鎮」〔註 14〕，安西都護王方翼築碎葉城。

高宗永淳元年（682），後東突厥汗國立；西突厥阿史那車薄與三姓咽面率部反叛被平息。但垂拱年間，武則天爲了穩固政權，採取了內縮政策，曾主動撤銷了龜茲、疏勒二鎮，冊封西突厥可汗後裔，恢

〔註 11〕據薛宗正《安西與北庭——唐代西陲邊政研究》中考證得出觀點列出，詳參頁 118。

〔註 12〕四鎮雖罷，但唐仍保有碎葉，孤懸域外，仍可認爲是當時邊界所在。詳參章羣：《唐代蕃將研究（續編）》，臺北：聯經出版社，民國 79 年，頁 17。

〔註 13〕此四鎮羈縻都督府不同於之前的安西四鎮，此四鎮都督府爲羈縻建置，原四鎮都督府則爲漢軍建置，二者的地點也不盡相同。參考王時祥：〈疏勒都督府〉，《絲路》，1988 年，總四十五期；殷晴：〈于闐都城研究〉，載《西域史論叢》，新疆人民出版社，第三輯；韓翔：〈焉耆都督府治所與焉耆鎮城〉，《文物》，1982 年第 4 期等文。

〔註 14〕見（宋）王欽若等撰：《冊府元龜》，北京：中華書局，1960 年 6 月版，卷九百五十七，外臣部・繼襲二，頁 11372。再置之安西四鎮與前安西四鎮又有不同，二者均爲漢軍建置，但前四鎮時，西突厥已降，吐蕃方興，邊防重心在於加強天山南麓的統治，對北麓旨在懷柔，故以焉耆爲重鎮；後四鎮時，吐蕃、大食崛起，西突厥餘部伺機而動，天山北麓的戰略地位突出，故以碎葉爲重鎮，還有跡象表明，碎葉也一度是安西都護的駐節地。兩個重鎮的交替，也反映了唐朝西北邊防重心的歷史性轉移。參閱薛宗正《安西與北庭——唐代西陲邊政研究》，頁 136。

復了昆陵、濛池二羈縻都護府，希望制衡西域諸國，安西都護府也再次升級爲大都護府。但西突厥勢力已消盡，吐蕃伺機侵佔安西之地。睿宗永昌元年（689），安西大都護府又降級爲都護府，還治西州。則天后天授二年（691），統一了北部大漠的後東突厥進兵安西，碎葉失守，復爲西突厥突騎施部奪回，爲其牙庭。則天后長壽元年（692），王孝傑復四鎮，都護府遷回龜茲，次年，安西復爲大都護府，唐版圖又推至蔥嶺。但此時唐王朝已無法完全恢復對整個安西地區，尤其是嶺外區域的有效統治了。

則天后長安二年（702），在原庭州基礎上設置北庭都護府，取代了原突厥地區的昆陵、濛池兩個羈縻都護府，初隸於涼州都督府，中宗神龍元年（705 年）移隸安西大都護府治下。約中宗景龍三年（709），北庭都護府晉升爲大都護府，從此與安西大都護府分治天山南北。〔註15〕玄宗開元四年（716），親王遙領安西大都護制確立，北庭降爲都護府。

開元七年（719），新興勢力西突厥突騎施部遣使入朝，唐王朝冊立突騎施首領蘇祿爲可汗，發展了承認新興異姓突厥勢力遏制西域諸國的新羈縻政策。「安西節度使湯嘉惠表以焉耆備四鎮」〔註16〕，於是，安西四鎮又變爲焉耆、龜茲、于闐、疏勒，也由此定型化。開元中，大食、吐蕃、後東突厥汗國等強大勢力包圍下，以都護府爲主的藩屬管理體制的基礎上，創立節度使制度，其中磧西節度使負責包括安西在內的大磧以西地區的所有事務，通常由安西副大都護兼任。後來磧西節度使幾經廢置，還曾分出安西、北庭節度使。也曾有中央派遣節度使出鎮，平息紛亂，過後便撤封的節度使，還出現過安西大都護和安西節度使二重名號賦予一人的情況。

開元後期，大食實力漸強，唐對嶺外地區的掌控越來越力不從

〔註15〕其考據可參考薛宗正《安西與北庭——唐代西陲邊政研究》，頁 169～177。

〔註16〕《新唐書》卷二百二十一，頁 6230。

心，多數小國轉附大食。玄宗天寶十載（751），唐在與大食的怛羅斯之戰中大敗，自此唐王朝直接統治勢力範圍完全退回蔥嶺以東。

自粟特降胡安祿山、史思明兩對父子發起的安史之亂後，由於安西兵力內調分化、國力減弱，吐蕃趁機擴張，唐王朝對安西的控制更加虛弱，安西還因同賊姓而改稱「鎮西」。代宗寶應二年（763），吐蕃一度阻斷隴右與內地。代宗大曆二年（767 年），大磧內外各自爲政，復「鎮西」爲「安西」。大概在德宗貞元六年（790 年），安西都護府雖仍存，但與中原的聯繫交通已被阻斷。約憲宗元和三年（808），安西府地（龜茲）孤軍終於難以繼續苦撐，陷入吐蕃之手，其他城地也相繼淪陷。雖然之後又曾有歸義軍及回鶻首領起兵收復伊、西及河西諸州，但隨著國力衰落，唐王朝也最終結束了對安西，乃至清代之前中原王朝對這個區域直接有效的統治。

（三）安西都護府的建構

安西都護府是唐王朝設置的第一個完善的都護府，直接管轄安西這片廣闊的區域。按唐制，統兵以「道」分，「道」即是相當軍區的建置，安西都護府所轄之兵稱爲「安西道」。安西都護府繼承了漢代以來在該區域進行的軍府治理方式，在此基礎上進行發展。關於都護的職能，《新唐書・百官四下》總結爲「掌統諸藩，撫慰、征討、敘功、罰過，總判府事」〔註 17〕，特點是軍政合一，爲軍府卻也兼理民事，經歷過都護府、大都護府、節度府等多番變化，職能上變化不大，以下以都護府概稱之。

安西都護府下設機構爲軍政分離、漢蕃分治的二重化管理體制，郡縣制、軍事守捉制、羈縻制並行。羈縻州府是唐王朝治理邊疆地區的一種管理方式，特點是直接冊封該地的降唐首領，並爲都護或都督等職，可以世襲，府州人丁不編入戶，無稅賦，毋需再遣漢軍駐守。安西都護府統領著諸多羈縻州府，如焉耆都督府（原焉耆國）、龜茲

〔註 17〕《新唐書》卷三十九，頁 1317。

都督府（原龜茲國）、毗沙州（原于闐國）、瑤池都督府（原西突厥部落）等。

在安西都護府制度的統治之下，安西之地已從最初的磧口，擴大到了蔥嶺以西的西域諸國之地，這也是唐王朝版圖空前擴大之時。有關於此，《新唐書》卷四十三有所記載：

> 龍朔元年（661年），以隴州南由王名遠爲吐火羅道置州縣使。自于闐以西，波斯以東，凡十六國，以其王都爲都督府，以其屬部爲州、縣，凡州八十八，縣百一十，軍府百二十六……隸安西（大）都護府。〔註18〕

雖之後大片土地被吐蕃、大食等新興強國所吞，但基本版圖已奠定，城池制度依然被後世所借鑒。

後來安西之地，以天山爲界，北部又建北庭都護府，甚至一度升格爲和安西大都護府平級的北庭大都護府，但在分工協作和合併隸屬的變動中，基本上兩都護府都還在原安西大都護府的體系下運行。〔註19〕如在開元中，所置磧西節度使凌駕於安西、北庭兩大都護之上，但還是相當於原來的安西大都護。〔註20〕安史之亂後，安西、北庭軍隊分爲兩支，離開原地，赴關中救國難，從此便分化爲兩股軍事力量。代宗時代，又創置「河已西副元帥」統領河西、北庭、安西三道聯防部隊。〔註21〕

安西都護府內的人員配置眾多，其官階從正三品的都護到從九品

〔註18〕《新唐書》卷四十三下，〈地理七下〉，頁1135～1137。

〔註19〕北庭都護府初建，隸於安西都護府之下，後升格爲與安西都護府平級的大都護府；開元二十九年後，由磧西節度使分化出的安西、北庭節度使又與原來的兩都護頭銜分別賦予兩人，具體分工由之前的安西主南，北庭主北，變爲了安西主西，北庭主東了：安西主統四鎮，北庭主統伊州、西州、庭州三州及瀚海、伊吾、天山三軍。

〔註20〕唐王朝所封的磧西節度使領有「統有安西、疏勒、于闐、焉耆，爲四鎮經略使，又有伊吾、瀚海二軍，西州鎮守使屬焉」等地位、職權，可以調動安西大都護府所轄的四鎮兵馬。

〔註21〕河已西副元帥相關論證，參閱薛宗正《安西與北庭——唐代西陲邊政研究》，頁285～287。

上的錄事各司其職：都護、副都護、長史、司馬、錄事參軍事、功曹參軍事、倉曹參軍事、戶曹參軍事、兵曹參軍事、法曹參軍事等，這些參軍事分管著安西的各個方面，甚至兼理民事。每階又配備有府二至三人，史二至四人，還有眾多的幕僚、屬吏等，幾乎相當於一個小型的朝廷，這爲更多有志於仕途的文人武士提供了機會。作爲最大主管的都護（或大都護或節度使），不僅統有軍政大權，還有一定的外交權，與各鄰國進行外交活動。唐王朝敢於委任邊疆將領，尤其是任用蕃將，授予其保障和治理一方全部權力，除重大軍事行動外不派監軍的政策，表明了王朝統治者對於這些將領給予了很大的信任和開放性的空間，這也是保障安西能夠因地制宜建設發展的基礎。

二、唐王朝的疆域觀和邊疆體系

唐王朝「大一統」的思想繼承自前代，尤其是漢王朝的天下觀和統治理念對其影響最深。由此，唐王朝的疆域遵循這樣的觀念，按照統治方式的不同可分爲三個層次：府州是在漢代郡縣區域基礎上發展而來的，也是唐王朝統治體系的核心區域，與唐統治者觀念中的「九州」相對應，是爲第一層；第二層爲羈縻之州，與唐統治者觀念中「九州」之外的「四海」相對應；第三層則是藩國，是唐統治者觀念中「家」之外的區域，多是一些勢力比較強大的邊疆民族政權，如突厥、薛延陀、吐蕃、百濟等。這些藩國與唐王朝的關係也分三類：向唐王朝稱臣、和唐王朝保持「舅甥」關係、保持「敵國」關係。〔註22〕

在唐王朝前期，安西之地並不穩固，於北有西突厥等鐵勒諸部，於南有吐蕃，西部的諸多少數民族政權小國往往見風使舵，伺機擴張。活動在西部邊疆地區的民族政權主要有西突厥、高昌、党項、東女、吐谷渾、焉耆、龜茲、疏勒、于闐、罽賓、朱俱波、康、安、石、

〔註22〕參見李大龍：《漢唐藩屬體制研究》，中國社會科學出版社2006年版，頁291～294。其中的「敵國」關係是一特殊含義的詞，在唐代的用法同於漢代，並不是如今人那樣指稱兩個敵對政權之間的關係，而是用於專指和中央王朝沒有臣屬關係的邊疆民族政權，見頁62。

史、曹、米、何、寧遠、大小勃律等。這些政權多數和唐王朝保持著朝貢和冊封關係，很多被納入唐王朝的羈縻府州系統中。針對這樣的邊疆狀況，唐王朝統治者也作出了軍事治理的方式。章羣在《唐代蕃將研究（續編）》中將漢以來的邊政分爲三個系統：羈縻府州系統、對外經營系統、邊界鎮守系統。前兩個系統不同在於第一系統屬地方行政系統，有治所，但無持節者；後兩者之不同在於第二系統常出擊，第三係統則主防守。以西北至東北一線來說，若以都護府所在爲國防第一線，則長城爲第二線，節度使所在爲第三防線。〔註 23〕

唐王朝的疆域觀雖深襲漢制，但也有著變化與發展：天子之「家」的範圍已經由「九州」擴展到了「四海」，即海內，也將這一區域內所設置的管理機構及官員配置納入了唐王朝正式的管制序列中，與各民族的關係更加廣泛而深化。反映在唐人的詩歌中，便有了諸多如「海內存知己，天涯若比鄰」（王勃〈杜少府之任蜀州〉，頁 676）、「一朝辭此地，四海遂爲家」（李世民〈過舊宅二首〉，頁 5）、「從今四海爲家日，故壘蕭蕭蘆荻秋」（劉禹錫〈西塞山懷古〉，頁 4058）、「今日聖神家四海，戍旗長卷夕陽中」（杜牧〈題武關〉，頁 5978）等以「四海爲家」理念入詩之句。有這樣的變化，一方面，是由於管轄範圍及疆域的拓展，安西、安北、安南、安東、單于等都護府爲主而構建的邊疆統治體的建立，標誌著唐王朝有效管轄的區域已經超越了漢代郡縣的範圍；另一方面，是由於唐王朝和沒有實施有效管轄的邊疆民族也建立起了「藩臣」關係。另外，或許還和唐王朝統治者李氏家族與邊疆民族早有通婚、統治階層中也有出身邊疆民族的成員有關。〔註 24〕這些變化清晰地反映在漢唐史書的地理志記中。由此，唐代的安西等都護府以及眾羈縻之州，已經正式納入了天子之「家」的範圍，

〔註 23〕章羣：《唐代蕃將研究（續編）》，臺北：聯經出版社，民國 79 年，頁 24。

〔註 24〕參見李大龍著：《唐代邊疆史》，北京：中國社會科學出版社，2013 年 5 月第 1 版，頁 31～35。

受唐王朝直接管轄。經過長期經營，安西逐漸從太宗時魏徵等臣子口中的四夷之地，變爲了後來崔融奏疏中不可割捨的西部重地〔註25〕。當然，唐王朝通過支持和扶植安西地區土生土長的異族勢力，制衡來自西部的邊患威脅，但它的眞正目的卻在於平衡之道，使他們互相削弱，正所謂「戎狄相攻……大傷小滅，皆利在國家」〔註26〕。所以，這些勢力也相應的會時附時叛。

三、移民與征戰的不穩定性

（一）唐以前的流民

漢王朝建置西域都護府之後，就有大批的漢民輸入，開啓了之後西遷移民的先河。唐之前就已經有大量的漢族居民，大多是漢魏戍邊將士的後裔。西域諸國中的高昌國，就屬於漢後屯田軍民後裔聚居於今吐魯番一帶後所建。隋王朝也曾大舉西征，在舊西域之地連建三郡，但後期覆之於東突厥。建立郡縣制的基礎之一便是漢族人口要有一定的規模，可見隋王朝時期，漢民數量已經很多了。隋朝末期，又有大量的漢人流入西部大漠，東突厥汗國覆亡後，一部分沒入薛延陀，另一部分遷徙到西突厥，後全被遣送到高昌。

（二）唐統治者有意移民

安西地區常與周邊民族政權產生摩擦。此時，最先遷徙到此地的便是軍事將士。他們來自於唐王朝的正規軍，有著正式的編制，因軍戎之事被調遣至安西，爲唐王朝安定邊患、開疆拓土，如高宗調露元年（679），裴行儉帶兵入安西，平定阿史那都支後，班師回朝，留其副將王方翼攝安西都護，統兵留守碎葉；則天后長壽元年（692），王孝傑奏請增兵安西，「自此復於龜茲置安西都護府，用漢兵三萬以鎭之……既征發內地精兵，遠逾沙漠，并遣資糧等」〔註27〕、玄宗開元

〔註25〕參閱《全唐文》卷二百十九，崔融〈拔四鎭議〉，頁2215～2218。
〔註26〕《全唐文》，卷二百七，宋璟〈請緩令王惠充使往車鼻施奏〉，頁2093。
〔註27〕《舊唐書》卷一百九十八，頁5304。

二十三年（735），敕河西節度副使牛仙客「揀練驍雄五千人，即赴安西」〔註28〕等，這些將士在安西的時間或長或短，不盡相同。但在取得了勝利、佔領了城池後，由於軍人數量在戰爭中銳減，加上人丁本就比較稀少，大多還都是少數民族居民的情況，往往難以駐守；還曾出現一個地點出現了兩方勢力反復佔領的情形。唐王朝於是開始進行有意地遣發將士與平庶漢民移民到安西，長期居住，如：

（太宗）十六年正月乙丑，遣使安撫西州。戊辰，募戍西州者，前犯流死亡匿，聽自首以應募。辛未，徙天下死罪囚實西州。〔註29〕

每歲調內地發千人鎮遏焉。〔註30〕

這些軍士平民，或者曾經的囚犯，來到安西後，經過整飭，成爲了一支勁旅，也成爲了唐代早期安西地區來自內地的移民。

唐初，凡大規模的征伐，統治者都會詔告天下，征募猛士兵員。按舊兵制，三年一更代，但因路途遙遠，改爲長期職業士兵可攜家帶眷的制度。這樣，這些赴安西的士兵親眷也逐漸在這裡安家落戶。之後唐王朝一直曾發遣內地漢人到安西移民實邊，漢人的數量快速增長。庭州就是一個很好的例證：庭州建立後，唐王朝開始大量移民開發這片曾是西突厥舊地的地區，把牧地開墾爲田地，編戶征稅，下置金滿、蒲類等縣。《元和郡縣志》卷四十庭州條記載：「其漢戶皆龍朔以後流移人也。」之後在庭州建置基礎上創置的金山都護府、北庭都護府也正是得益於此。

除了本就頻繁的商業、軍事往來移動，唐王朝還根據形勢的變化，有意地促進安西區域內的人口流動。如《新唐書．西域傳上》中記載：「安西節度使湯嘉惠表以焉耆備四鎮。詔焉耆、龜茲、疏勒、于闐征西域賈，各食其征，由北道者，輪臺征之。」〔註31〕

〔註28〕《全唐文》卷二百八十七，〈敕河西節度副使牛仙客書〉，頁2909。
〔註29〕《新唐書》，卷二，頁41。
〔註30〕《通典》中華書局，1988年12月出版，卷一百九十一，頁5206。
〔註31〕《新唐書》，卷二百二十一，頁6230。

但安史之亂爆發後，出自安西地域的將領，尤其是如高仙芝、封常清、哥舒翰、白孝德等蕃將，親帥大批軍士傾盡全力挽救大唐危亡，軍士以及家眷庶民又開始回流。唐軍也由此分化爲了鎮西（安西）〔註32〕、北庭行營和四鎮、北庭留後兩方部隊。此時，因唐王朝在安西的政治影響仍存，應勤王詔者不乏安西及西域屬國的王族將士。

另外，還有一部分人因戰爭和不同勢力間的較量，成爲遷徙或往來的政治避難者和逃亡者，這中間大部分是西域諸國的首領及其部落人員。

（三）區域的開發與經營

唐王朝攻下高昌後，將其國改置爲各州，率先在這片漢族聚居區推廣郡縣制，其下屬的各級民政組織與中原大體上並無二致。之後隨著安西之地的不斷向西擴大，建設和經營方式也相應變化，以適應多民族居民共存的地域化狀況。

陳寅恪在《唐代政治史述論稿》中說：「李唐承襲宇文泰『關中本位政策』，全國重心本在西北一隅」〔註33〕，所以太宗立國之後便以「保關隴安全爲國策」，并將解決西北邊患問題放在了首要位置，後代也一直未敢輕慢。並且，唐王朝不但將西北邊疆視爲軍事重鎮，還加以開發、屯墾，大量居民的遷徙居住和府兵制的實行〔註34〕，不但解決了邊關軍需，還可以「餘粟轉輸靈州，漕下黃河，入太原倉，備關中凶年。」〔註35〕

唐王朝在安西地區曾先後改置郡縣，但在安西這樣地廣人稀、民族關係複雜的地區，能夠成功推行郡縣制，是因爲這些地方的人

〔註32〕至德二載（757年），唐肅宗因叛亂首領爲「安」姓，故「更安西曰鎮西」。

〔註33〕陳寅恪：《唐代政治史述論稿》，上海：上海古籍出版社，1997年12月第一版，頁130。

〔註34〕府兵制是指按照征兵制的原則組織的各地方的民兵。

〔註35〕《太平廣記》，北京：中華書局，1961年9月出版，卷四八五，〈東城老父傳〉，頁3992。

口數量已經達到了一定的規模，尤其是以農耕爲穩定職業傳統的漢族人口。這樣才能推行編戶齊民，才能保證郡縣制首要的一個功能——征調賦稅，如改置郡縣的磧西三州——伊吾（改置伊州）、高昌（改置西州）、可汗浮圖（改置庭州）等。而羈縻府州制度則不涉及到編戶、納稅，雖隸屬於安西都護府，但由其都督首領按其方式統治。

到玄宗朝，長安至河隴磧西的交通已臻極盛，路線若從藩屬西疆開始計算，自東向西可分爲三段，長安至玉門關爲東段，玉門關到蔥嶺爲中段，蔥嶺以西爲西段。內地人士中，文人行役，大多數在東段，極少數人到過中段，到過西段的最少，只有僧侶等西行巡禮求法者或使臣才逾蔥嶺至西段。〔註 36〕而安西之地恰在中段，極盛時可達西段。這段距離本有南、北、中三道，北道苦寒險遠，南道水源漸少，加上北有西突厥、南有吐蕃的侵擾，行人多選擇中道入安西。中道自安西都護府的治所龜茲至長安約七千里，路上皆設有驛站。

（四）至安西的各類人員

因爲各種各樣的原因，來到安西的人員很多，身分不盡相同：有移民至此的平民百姓，有統軍遠征的將領官員，有服役戍邊的普通士兵，有應募前來的英勇猛士，有意圖新生的獲刑囚犯，有途徑安西的負命使臣，有入幕求職的文士，有遊歷山河的墨客。這些人中，除了祖先部族生於斯長於斯的少數民族居民外，大多數人對安西都是陌生而模糊的。其中又有很多人將自己的所經所見所感化入筆端，留下包括詩歌在內的很多文學作品。而書寫安西的文人，也大多都是來自內地。

〔註 36〕詳參李德輝：《唐代交通與文學》，長沙：湖南人民出版社，2003 年 3 月第 1 版，第二章第二節，頁 61～63。

第二節　聯繫邊塞書寫的傳統

一、唐以前詩歌中的邊塞書寫概述

「邊塞」一詞，原本兩字分用，〔註 37〕漢代開始連用，特指邊疆地區要塞。漢代人又習慣以「塞上」或「塞下」代指邊疆地區，由此產生了諸如〈出塞〉、〈入塞〉、〈塞上〉、〈塞下〉這類反映邊疆軍旅生活的歌曲，并爲後世沿用。作爲詩體概念，較早出現在宋初姚鉉的《唐文粹》中。書中將唐代詩文分爲功成作樂、古樂、感慨、興亡、幽怨、貞節、仇恨、艱危、邊塞九大類。〔註 38〕

縱觀中國歷史，邊疆問題從來都爲歷代王朝所重視，邊塞主題或相關書寫的詩歌也一直吟誦不絕。雖然辭書中對邊塞的解釋，主要是指邊疆地區的要塞，但因時代的變化，疆界不同，具體邊塞的概念和範圍也發生著變化，如漢代疆域遼闊，到了三國時期就只剩下河套地區可以稱作是邊塞了。又如南北朝時期，南北朝交界在長江淮河一帶，地理空間狹小，與傳統的邊塞相去甚遠。邊塞問題通常也反映著中原漢民族文化與周圍少數民族文化，尤其是秦漢以後的農耕文明與遊牧文明的碰撞和摩擦。農耕文明由遊牧文明發展而來，建立了良好的物質文明優勢，對遊牧文明來說，有矛盾性和取代性，卻也存在著依賴性。了解到這點，就不難解釋，爲何從先秦時期的「四夷」，到秦漢的匈奴、烏桓、鮮卑、南越，再到唐代的突厥等少數民族部落群體常常侵擾、進犯中原王朝邊塞地區了。

最早的邊塞書寫可以追溯到先秦典籍《穆天子傳》和《詩經》，前者記載了周穆王西征的過程，後者則有小雅中的〈六月〉、〈采薇〉、

〔註 37〕「邊，行垂厓也」本指邊緣，後引申爲邊境、邊界，「塞，隔也」，指用來組個的屏障，後指邊塞、要塞，參看（漢）許愼撰，（宋）徐鉉校訂：《説文解字》卷二，北京：中華書局，1998 年 10 月版，第 42 頁、第 288 頁。

〔註 38〕參考關永利：《唐前邊塞詩史論》，北京：中國文史出版社，2014 年 4 月北京第 1 版，頁 2。

〈出車〉等篇章，描寫的都是征戰情景，多顯示戰士英姿和軍力強盛，表現出的情感或出征的雄心壯志，或久戍不歸，風格慷慨悲壯。

漢代尚未進入文學自覺時期，流傳下來的文人詩歌本就不多，有邊塞書寫的詩歌就更屈指可數了，只有一些出塞的武將，如李廣利、霍去病、馬援等人留下幾首，內容和藝術性成就都很有限。具傳奇色彩的女詩人蔡琰所寫的〈悲憤詩〉，卻因其親身經歷和獨特文采而堪稱佳作。但漢代的邊塞人物、英雄事跡和邊塞地理的意象卻對後人影響深遠，增加了歷史文化的內涵。典型的人物有李廣、衛青、霍去病、張騫、傅介子、班超、馬援、竇憲等，典型地點意象如燕然山、玉門關、長城、陰山、居延、樓蘭等。此外，漢樂府民歌中的一些曲調，如橫吹曲和鼓吹曲，來自西域和北方少數民族，屬於軍中用樂，對後代邊塞詩創作也產生了重要影響，如〈塞上曲〉、〈塞下曲〉、〈關山月〉、〈從軍行〉等。而有的詩人只是借其題目，內容并不涉及邊塞，不屬邊塞描寫之列，如蔡邕的〈飲馬長城窟行〉，但也可見邊塞體樂的影響之廣泛。

魏晉南北時期，有關邊塞書寫的詩歌數量增加，詩人數量增加，並且不僅流於民歌樂府，許多文人開始自覺創作，藝術成就也有所提高，是邊塞詩發展最重要的時期。但多沿用樂府舊題，內容上也是多依靠想象和模擬，魏時曹操的〈苦寒行〉、曹植的〈白馬篇〉、陳琳的〈飲馬長城窟行〉等都是優秀之作。晉時比魏時略少，仍有陸機、劉琨等人的佳作。魏晉時的邊塞詩作者，在苦寒、遊俠、文人立功邊塞等題材的開拓上作出了努力，如苦寒主題仍是重要題材，但不局限於傳統詩歌表現地理環境的惡劣，而且能觸及到征人的內心活動。〔註39〕南北朝時，書寫邊塞的詩人增加，如劉宋時的顏延之、吳邁遠、鮑照；梁、陳時的蕭綱、蕭繹、徐陵、吳均、張正見等。相較而言，北朝數量較少，但北朝詩人，如王褒、庾信的邊塞相關詩作描寫景物

〔註39〕關永利：《唐前邊塞詩史論》，北京：中國文史出版社，2014年4月北京第1版，頁102。

形象，感情眞摯，極具特色。值得注意的是，南朝時期詩人，由於地理局限，邊塞已南移至江淮一帶，但許多詩人便借用漢代的人物、地名，營造邊塞氛圍，詩作風格也貫以大氣磅礴，不乏憂患意識和歷史情懷。如吳均〈入關〉中「是時張博望，夜赴交河城」、〈戰城南〉中「天山已半出，龍城無片雲」等。吳均並非到過這些地方，只到過南齊與北魏的邊界，即今安徽淮南附近的地區，如實寫作，則少邊塞之味，所以依託這些前代之地名，抒發所思所感。

其中南朝邊塞詩最爲傑出的代表便是鮑照。他雖出身貧寒，卻繼承了漢魏詩歌反映社會現實的傳統，在此基礎上，能夠深刻了解到社會底層的生活狀況，感情細膩動人，風格高亢悲壯，如他所作〈代東武吟〉，即是其例。而且他不僅寫北方邊塞，也描寫南方邊塞，〈代苦熱行〉便寫到了南方邊塞的暑熱、瘴氣、蟲蛇毒患等，寫出了與北方邊塞相區別的另一種殘酷現實。這樣的詩人在魏晉南北朝時期是很少見的，因爲大多數詩人只會因其所處的地理位置而作詩，但鮑照卻突破了這一局限。另一邊塞詩大家便是吳均。他的邊塞詩數量多，且內容豐富，從地理風光到軍事事件，從沙場將士到遊俠思婦，無不入詩。吳均邊塞詩的藝術造詣也很高，如寫到邊塞風光，詩句不僅工整精煉，還注以開闊的意境，清新悠遠。

相較之下，北朝的邊塞詩歌無論是從數量還是質量上都不及南朝。甚至有學者論述認爲，中國唐代詩歌史上令人一新耳目的「邊塞詩」其實源於南朝。〔註 40〕但值得一提的便是，北朝因「地利」因素，融入了很多眞實的場景、當地的少數民族文化，還有很多自然質樸的邊塞書寫，保存在北朝樂府民歌中，這樣的代表作便是膾炙人口的〈木蘭詩〉、〈敕勒歌〉。

隋代時間短暫，詩人和作品自然較少，但出塞征戰的親身經歷、大一統的新局面也帶給邊塞詩壇注入了很大生機。邊塞詩作中不乏佳

〔註 40〕參閱王文進：《南朝邊塞詩新論》，臺北：里仁書局，民國 89 年初版。

者，盧思道、楊廣、楊素、薛道衡、虞世基等詩人都曾有過出塞經歷，詩歌中充滿了眞情實感。

總體來看，從先秦典籍中邊塞書寫的出現，到漢代的民歌和樂府，再到魏晉南北朝及隋代大量文人、作品的湧現，唐前詩作中，已經將邊塞題材開拓到了很多方面，并整體上已逐漸形成了一種雄渾的風格，對唐代，尤其是盛唐邊塞題材書寫的繁榮提供了良好的基礎和借鑒。

二、唐代文學作品中的邊塞書寫概述

唐代綿延近三百年，期間疆域範圍也一直發生著變化，如初唐時期，邊塞所指遼遠廣闊，北部遠至今蒙古境內；到了安、史亂後，疆域內縮，原屬內地的黃河北部，竟成了邊塞之地。

（一）詩歌

唐代詩歌發展達到鼎盛，其中有一類詩歌，因其專於對邊塞題材的書寫，而被命名爲邊塞詩，多年來得到了廣泛的關注。但是，對於邊塞詩的概念，學界也一直存有爭議，大概可分爲廣義和狹義兩種。狹義的概念，有時間性、地域性和內容等限制，以譚優學、胡大浚爲代表。〔註41〕廣義的概念，無特定的時間、具體的地域限制，泛指描寫與邊塞相關內容的詩歌，可以黃剛爲代表。〔註42〕本文筆者採用後

〔註41〕參閱西北師範學院中文系、西北師範學院學報編輯部編：《唐代邊塞詩研究論文選粹》，蘭州：甘肅教育出版社，1988年5月第1版：持此種觀點的，如譚優學在〈邊塞詩泛論〉中提出，所謂邊塞詩，時間上是指唐代，而且是盛唐，地域上主要指沿長城一線及河西隴右的邊塞之地，以作者而言，要有邊塞生活的親身體驗，以作品而言，要有邊塞詩作者作品中的主要成就部分。胡大浚在〈邊塞詩之涵義與唐代邊塞詩的繁榮〉中提出，所謂邊塞詩，就是我們對特定時代（唐代）大量出現的描寫與邊疆軍旅生活相關之人事情景的詩歌所建立的一種整體的、多層次的認識。

〔註42〕參閱黃剛著：《邊塞詩論稿》，合肥：黃山書社，1996年8月第1版，第一章第三節，頁4～8。

者概念。但需要作說明的是，邊塞詩必然可稱爲邊塞書寫，但邊塞書寫卻不全然出自邊塞詩。這也是本文之所以不含混地稱「安西書寫」爲「安西詩」的原因。

唐王朝以軍鎮起家，兼有胡族血統，在戰爭中崛起，以武力蕩平四海，不僅大舉開疆拓土，還贏得萬國來朝的地位。所以，唐王朝崇尚開拓、進取的尚武精神。加之國力強盛，經濟、文化繁榮，激發了文人們的進取立功之心和熱情。反映在詩歌方面，便是邊塞詩的空前發展。據前人統計，唐代邊塞詩達兩千餘首，遠遠大於先秦至隋邊塞詩數量的總和。這還不包括只有筆觸邊塞，卻不能算作邊塞詩的詩歌。學者們還常以安史之亂爲界，將邊塞詩分成兩個階段：前期邊塞詩呈現出激昂氣概，建功立業成爲主要內容，優秀詩人如初唐四傑、陳子昂、王翰、李頎等；後期則將憂患意識滲入詩中，針砭時弊，優秀詩人如白居易、元稹等。詩人或從軍，或入幕，或遊邊，很多有親身經歷，這樣寫出來的詩歌自然也是題材豐富、感情眞摯、描寫細膩。且唐代經過前人的繼承與探索後，書寫邊塞的詩歌的藝術性也大大提高，這方面在後文對安西書寫的探討中也會得到進一步驗證。

在唐初，唐太宗李世民在穩固政權的同時，繼續開疆拓土，平定四方。大唐將士先後北擊突厥，統一大漠南北，又平定高昌，統一西域，太宗晚年還親率大軍遠征遼東。所以在李世民的詩作中就有很多北征、西征、東征的書寫，如〈飲馬長城窟行〉、〈傷遼東戰亡〉等。

按照任文京《中國古代邊塞詩史（先秦～唐）》〔註 43〕的述寫，初唐（高祖武德年間至玄宗先天年間）虞世南、袁朗、楊師道、李嶠、崔融、郭振、王無競、張敬忠、徐彥伯、喬知之、沈佺期、張宣明、賀朝、萬齊融、劉希夷、初唐四傑、陳子昂等人的詩作中對邊塞的書寫頗具特色。此期的邊塞詩，生動地反映了初唐社會及邊塞戰爭的情況，再現了詩人戎馬倥傯的戰鬥生活，抒發了詩人建功立業的豪情壯

〔註 43〕任文京：《中國古代邊塞詩史（先秦～唐）》，北京：人民出版社，2010 年 3 月第一版。

志，風格豪邁雄渾，質樸剛健；盛唐（玄宗開元年間至代宗大曆初年）湧現出了許多大家，如高適、岑參、王昌齡、李頎、王維、崔顥、李白、杜甫等，內容上更加豐富，戰爭場面、邊地風光、民族風情、邊幕生活、將士命運、閨婦憂思，以及邊塞戰爭引發的社會問題、民族關係等內容，都寫進了詩篇；中唐（大曆初年至文宗大禾末）時期雖然有的詩人仍流露出建功的雄心壯志，但無法和盛唐相比，風格也顯得憂悒悲涼，氣格不振。尤佳者有錢起、盧綸、李端、韓翃、劉長卿、李益、張籍、王建、元稹、白居易、楊巨源、令狐楚等；晚唐（文宗開成元年至哀宗天佑四年）邊塞詩數量較少，缺少代表性的作家作品，大多寫戰場殘酷，反映邊塞危機和戍卒不幸，流露出詩人悲戚的情感和無奈的心理，總體風貌也是氣弱格卑，蕭颯低沉。

在上述這些作家、作品中，不難發現，筆觸北部，尤其是西北邊地者佔據了大多數，雖未僅僅集中於安西之地，但提及安西處並不在少數。從中也可見，「邊塞詩」之狹義概念的提出也是頗具根據和基礎的。

（二）其他文學作品

除了詩歌外，唐代散文很有特點，小說等文體也方興未艾。其中書寫邊塞的文字雖然瑣碎零散，但並不在少數，不過多是作為一種「背景」式的姿態出場的，旨在交代和渲染環境。著重於安西而言，更是體現其險遠，如〈大慈恩寺三藏法師傳〉描述之景：

> 日行百餘里，失道……是時四顧茫然，人鳥俱絕。夜則妖魑舉火，燦若繁星，晝則驚風擁沙，散時如雨……此等危難，百千不能備敘。〔註 44〕

這些文字雖隻言片語，卻生動地描摹了玄奘所歷之境，表現了他艱苦卓絕的精神。

〔註 44〕慧立、彥悰：〈大慈恩寺三藏法師傳〉，載於王有德、鐘興麟選注《歷代西域散文選註》，烏魯木齊：新疆人民出版社，1995 年 10 月版，頁 68。

散文中還有僧人及使客親自撰寫的旅行性的紀實性散文，如〈使吐蕃經見紀略〉，《全唐文》及《新唐書》和《舊唐書》中的〈西域傳〉、〈吐蕃傳〉等相關篇目中所錄的使臣行記和對安西的零星描述，又如僧人玄奘西行所著的《大唐西域記》中的相關篇目；還有許多與安西相關人物的書信、題記、墓誌、行狀、神道碑以及圖志等記載文字，如〈張懷寂墓志銘〉。這些多爲實人實地考察所得，頗具價值，也爲本文對詩歌的研究分析有所輔助。

綜上，由於中原王朝佔據的地理位置和版圖的延展，東部和南部面對海洋，陸地面積狹小，所受到外來的威脅自然也較小，而西部地區地處聯繫西方的要道位置，強勢的遊牧民族眾多，往來與矛盾不絕，因此外患主要來自於內陸的廣袤地區。秦漢以來的邊塞概念，實則多在於北方，包括西北和東北兩個主要部分，歷代王朝在北境修築的自西到東綿延的長城以及各個關隘、軍事重鎮便可爲一證。體現在文學上，尤其是詩歌上，在並未形成統一局面時，坐落在南方的政權，其所出詩人詩作的邊塞觀念也較爲淡薄。且不論在風格氣勢上也不如北方文人的慷慨雄壯，反映邊塞題材的詩歌也十分有限，如三國時期，蜀、吳兩國分居西南、東南方，所出詩人詩作的題材和風格就沒有北方魏國的豐富多樣與雄渾磅礴。這固然是北方「地利」之處，但可喜的是南朝邊塞詩卻獨樹一幟，質量上乘，十分具有特色和價值。

唐代便襲漢制，重視西陲，加上其開放的疆域觀，用心良苦地開創出經營安西地域的一整套的制度體系，吸引和招攬了天下的各行各業的人士流動於此。由此所反映在文學作品上，尤其是詩歌上，文人墨客們接觸到安西的機會越多，直接或間接的經驗越多，結合歷來的邊塞書寫傳統後，所創作出來的作品就越富新意和感染力，成爲了盛世唐音中最重要而富有活力的一部分，也成爲了歷代邊塞書寫詩歌的標榜典範。

第三章　唐詩安西書寫的內容呈顯

安西這片土地上，有著唐王朝的太多記憶，其中有武力征服，有心悅歸順；有移民實邊，也有請命開荒；有民間的商貿往來，也有政權間的利益交換；有各民族間的精誠團結，也有部族間的區域摩擦。在這片土地上，即使荒漠戈壁覆蓋，即使鳥獸罕見，但只要有人的往來，這裡就從未缺少故事，從未匱乏詩篇。

第一節　情愫多樣

從人之常情和邊塞詩的慣有題材、內容來看，詩人筆端展現的安西圖景主要有以下幾種，賦予安西的情態也相應而生：

一、歌頌將士從軍的英雄精神

李唐王朝系出關隴，本就有幾分豪壯的「胡氣」和尚武精神〔註1〕，又以武功起家，獎勵軍爵，當朝也是良將精兵輩出。開國之初，

〔註1〕尚武精神即崇尚勇武與力量，表現在四個方面：一是在生死觀上，遊牧民族驍勇好戰，輕生而不畏死；二是在榮譽觀上，以戰死爲榮；三是在價值觀上，以戰功作爲評斷英雄的標誌；四是在行爲方式上，視武力征服爲個體價值實現的方式與途徑。但唐代的尚武精神逐漸與「士意識」結合，是一種理性的選擇。參閱閆福玲《漢唐邊塞詩研究》，北京：中華書局，2014年8月第1版，頁168。

四方皆有邊患，但多實力相差懸殊，盤踞北方的突厥政權可稱爲唐王朝的心腹大患。雖然經歷數次征伐，突厥縮至西北，卻仍以各種方式挑釁和騷擾唐王朝的邊疆地帶，西域各個粟特小國也都伺機而動。安西之地正是這樣大大小小的較量、交鋒的頻發地。所以，一旦安西出現不安定的因素，無論大小，朝廷都會十分重視，進行干預和處理。

這樣的局勢下，上自君王，下到庶民，安西也就自然成爲了人們心中可以保家衛國、平定四方、一展抱負的廣闊場域。尤其是低階的將士、文人，一旦在軍事行動或是交涉活動中表現出色，即可實現功成名就的願望。即使戰死沙場，也被視爲是個人價值和愛國主義結合的理性選擇。表達這種平定西北大患，高度讚揚將士英雄精神的代表，爲首的就有大唐的一代明君——太宗李世民。他的〈飲馬長城窟行〉頗有漢魏慷慨之氣，又有初唐的清勁風骨：

> 塞外悲風切，交河冰已結。瀚海百重波，陰山千里雪。迥戍危烽火，層巒引高節。悠悠卷旆旌，飲馬出長城。寒沙連騎跡，朔吹斷邊聲。胡塵清玉塞，羌笛韻金鉦。絕漠干戈戢，車徒振原隰。都尉反龍堆，將軍旋馬邑。揚麾氛霧靜，紀石功名立。荒裔一戎衣，靈（一作雲）臺凱歌入。（卷一，頁3）

這首詩應爲太宗貞觀十四年（640）平定高昌之役所作。〔註2〕「交河」、「瀚海」等安西獨有的地理名詞先後出現，點出了詩中的歷史背景。在天氣條件更加嚴酷的冬季，將士不畏艱險，戍邊行軍，其英雄本色和精神面貌在詩中凸顯出來。再如崔融的「穹廬雜種亂金方，武將神兵下玉堂。天子旌旗過細柳，匈奴運數盡枯楊」（〈從軍行〉，卷六十八，頁 765）；岑參的「虜騎聞之應膽懾，料知短兵不敢接，車師西門佇獻捷」（〈走馬川行奉送出師西征〉，卷一百九十九，頁 2052）、「上將擁旄西出征，平明吹笛大軍行。四邊伐鼓雪海湧，三軍大呼陰山

〔註2〕論證可參閱薛宗正：《歷代西陲邊塞詩研究》，蘭州：敦煌文藝出版社，1993年4月第1版，頁30。

動……亞相勤王甘苦辛，誓將報主靜邊塵。古來青史誰不見，今見功名勝古人」(〈輪臺歌奉送封大夫出師西征〉，卷一百九十九，頁 2051)等語；甚至李白的〈塞下曲六首〉(卷一百六十四，頁 1700)，都是歎詠雄師銳不可擋和英雄精神的概述。

對個人的具體敘寫也有許多，多出現在送別作品中，如：

〈送趙大夫護邊赴安西〉　孫逖

外域分都護，中臺命職方。欲傳清廟略，先（一作爲）取劇曹郎。已佩登壇印，猶懷伏奏香（一作章）。百壺開祖（一作詔）餞，駟牡戒（一作結）戎裝。青海連西掖（一作極），黃河帶北涼。關山瞻漢月，戈劍宿胡霜。體國才先著，論兵策復長。果持文武術，還繼杜（一作晉）當陽。（卷一百十八，頁 1196）

〈送趙順直（一作頤貞）郎中赴安西副大都督（護）〉張說

絕鎮功難立，懸軍命匪輕。復承遷（一作還）相後，彌重任賢情。將起神仙地，才稱禮樂英。長心堪繫虜，短語足論兵。日授休門法，星教置陣名。龍泉恩已著（署），燕領相終成。月窟窮天遠，河源入塞清。老夫操別翰，承旨頌升平。(卷八十八，頁 972)

〈送李侍御赴安西〉　高適

行子對飛蓬，金鞭指鐵驄。功名萬里外，心事一杯中。虜障燕支北，秦城太白東。離魂莫惆悵，看取寶刀雄。(卷二百十四，頁 2230)

〈送屈突司馬充安西書記〉　錢起

制勝三軍勁，澄清萬里餘。星飛龐統驥，箭發魯連書。海月低雲旆，江霞入錦車。遙知太阿劍，計日斬鯨魚。(卷二百三十七，頁 2634)

〈贈長城庾將軍〉　李頻

初年三十拜將軍，近代英雄獨未聞。向國報恩心比石，辭天作鎮氣凌雲。逆風走馬貂裘卷，望塞懸弧雁陣分。定

擁節麾從此去，安西大破犬戎羣。（卷五百八十七，頁 6810）

詩中這些各具本領的人，肩負著不同的使命，卻都表現出躊躇滿志、豪情滿懷，人們也對他們充滿了無限的期許。更有諸多散句，如「壯志凌蒼兕，精誠貫白虹。君恩如可報，龍劍有雌雄。」（駱賓王〈邊城落日〉，卷七十九，頁 858）、「會取安西將報國，淩煙閣上大書名。」（張籍〈贈趙將軍〉，卷三百八十五，頁 4337）等，彷彿是一種使命性的宣言，充滿著必勝的信心和激勵，代表著有唐一代高度的激揚精神。

從個人角度來看，在安西的經歷也成爲很多將士人生成就和精神面貌的巔峰，如高適筆下的狄司馬就是這樣一位人物：

〈東平留贈狄司馬〉　高適

古人無宿諾，茲道以（一作未）爲難。萬里赴知己，一言誠可歎。馬蹄經月窟，劍術指樓蘭。地出北庭盡，城臨西海寒。森然瞻武庫，則是（一作剛若）弄儒翰。入幕綰銀綬，乘軺兼鐵冠。練兵日精銳，殺敵無遺殘。獻捷見天子，論功俘可汗。激昂丹墀下，顧盼青雲端。誰謂縱橫策，翻爲權勢干。將軍既坎壈，使者亦辛酸。耿介挹（一作揖）三事，羈離從一官。知君不得意，他日會鵬摶。（卷二百十一，頁 2191）

曾任安西判官的狄某（疑爲狄光遠），[註3]不辭辛勞遠赴安西入幕，不畏艱險領兵殺敵立功，一時間壯志得伸、長策縱橫，其精神銳氣、地位影響在詩句中彰顯無遺，成爲其人生中的一段巔峰時期。即使在之後複雜的權勢鬥爭中失意時，仍是一種懷念和激勵。

〔註 3〕劉開揚箋注：《高適詩集編年箋注》箋云：「末八句言安西都護田仁畹罷職後，判官狄（疑即光遠）改東平郡司馬，適過該地，乃留贈此詩。詩謂狄不辭萬里遠行，入田之幕爲判官，兼爲御史，殺敵立功，獻捷丹墀之下。不料縱橫長策反而爲權勢所阻，不得實現，將軍既已失志，使者亦復悲酸，以耿介之士，揖別三公，獨赴微官，今雖不得意，他日必當鵬舉也」，北京：中華書局，1981 年 12 月版，頁 151。

在安西獨特的景色映襯下，在安西激烈的軍事角逐中，這樣的愛國情懷和英雄精神更顯難得和偉大。至若慷慨激昂中的大氣磅礴和清峻風骨，則是在前代邊塞詩的基礎上，開拓出的新的精神元素和風格。

二、描寫惡劣艱險的異域環境

范璇〈試從唐墓誌看唐人地域觀念〉中提到：「唐墓誌中對河西以及安西等地的地域評價則多是自然景觀的描繪，人文習俗較少提及……河西甚至西域地區對唐人來說多是大漠絕域，壯觀的景色下帶有一些荒涼的意味。」〔註4〕的確如此，對於大多數人來說，安西的景色給人的視覺衝擊是十分強烈的。與內地土壤肥沃，青山綠水不同，這裡目之所及盡是黃沙漫天、戈壁滿地，一片蒼茫。水源很少，少量水源充足而形成的綠洲地區，成了人們的聚居地。而人們對安西圖景的構建也大多都在這樣的基礎之上，進行描摹，所以難免都是惆悵和絕望之感。正如下列詩歌所云：

〈鎮西〉　佚名

天邊物色更無春，祇有羊羣與馬羣。誰家營裏吹羌笛，哀怨教人不忍聞。歲去年來拜聖朝，更無山闕對溪橋。九門楊柳渾無半，猶自千條與萬條。（卷二十七，頁388）

鎮西是安史之亂後，因與安祿山姓氏相同，遂對安西進行的短期更名。這首詩也應寫於當時，是一首全篇描繪安西景象的作品，幾乎對安西貧乏的自然地理特點和人文氛圍都有敘述。此外，單對安西自然環境惡劣面的描述還有偏遠萬里、地形險要、極端天氣、黃沙漫天等幾個方面。

長安距安西萬里，絕非誇張虛寫之語，基本上中原人士離開家鄉前往安西，便難得再通音訊，由此便有了「萬回」這樣的典故。〔註5〕

〔註4〕范璇：〈試從唐墓誌看唐人地域觀念〉，《成都師範學院》，2015年第6期。

〔註5〕萬回爲唐代僧人，俗姓張，閿鄉人。回兄戍役於安西，音問隔絕。父母謂其死矣，日夕涕泣而憂思焉。回顧父母感念之甚，忽跪而言

而更偏東南地區的人們到安西，便幾乎等同於消失在另一個世界裡了。從地形上來看，安西的廣大地區，幾乎囊括了各大地形種類。最有名的便是「三山夾兩盆」（准格爾盆地和塔里木盆地分佈在阿爾泰山脈、天山山脈、昆崙山山脈之間），又有許多如吐魯番火焰山、帕米爾高原雪山、塔克拉瑪干大沙漠等世界少有的極端地形高低錯落，且寒暑不一。尤其是綿延萬里的沙漠地帶，不僅荒涼到無半分草色，甚至大風流沙發作起來，或者失去水源補給，情況便會十分的危險。無論是古代，還是現代，在這片領域消失的人就從來沒有斷絕過，許多裝備了現代科技的科考隊伍及人員也未能倖免。所以從這些方面來看，詩人筆下的安西書寫和飽含的感情並不算誇張。這些在本論文第四章論意象、第五章對安西自然人文環境概述中還會有所涉及，在此僅列舉三例詩句如下：

今夜不知何處宿，平沙萬里絕人煙（岑參〈磧中作〉，卷二百一，頁 2106）

雪中行地角，火處宿天倪（岑參〈宿鐵關西館〉，卷二百，頁 2090）

五月天山雪，無花祇有寒（李白〈塞下曲六首〉，卷一百六十四，頁 1700）

寥寥幾筆，天涯地角的勾畫，便可見安西的荒寂、險遠與苦寒。

慧超是新羅國僧人，開元中曾遠赴五天竺國，經安西等地，留下詩二首，〔註 6〕也極能體現安西環境的艱難險阻：

曰：「涕泣豈非憂兄耶。」父母且疑且信，曰：「然。」回曰：「詳思我兄所要者，衣裘糗糧中履之屬，請悉備焉，某將往之。」忽一日，朝賫所備而往，夕返其家。告父母曰：「兄平善矣。」視之，乃兄跡也，一家異之。弘農抵安西，蓋萬餘里。以其萬里回，故號曰萬回也。可見於《太平廣記》，北京：中華書局，1961 年 9 月第 1 版，卷九十二，頁 606～607。

〔註 6〕陳尚君輯校：《全唐詩補編》，北京：中華書局，1992 年 10 月版，卷十九，頁 317。慧超爲新羅國僧人，幼年入華。慧超是八世紀初安西乃至整個西域政治形勢劇變的見證人，他從中國泛海至印度求法，

〈逢漢使入蕃略題四韻〉〔註7〕

君恨西蕃遠，余嗟東路長。道荒宏雪嶺，險澗賊途倡。鳥飛驚峭嶷，人去□偏樑。平生不捫淚，今日灑千行。(《補編》頁317)

〈冬日在吐火羅逢雪述懷〉

冷雪牽冰合，寒風擘地烈。巨海凍墁壇，江河淩崖囓。龍門絕瀑布，井口盤蛇結。伴火上垓（肉亥）歌，焉能度播蜜。(《補編》頁317)

在詩人的描述中，可見東西道路本就遙遠，又多雪嶺崖壁、巨海江河等阻隔，還有寒暑不一、蟲蛇賊寇等艱險，重點展現了蔥嶺以西的環境特點。詩人為佛教僧侶，於其教義引導下，通常是極富忍耐力的群體；又因慕佛法，遠赴天竺，應是意志堅韌之人，但也不免發出「平生不捫淚，今日灑千行」的感慨，安西自然環境的複雜和艱險，可想而知。

三、反映征戰屯戍帶來的悲苦和不幸

安西是諸多勢力爭奪的焦點地區，歷來征戍不斷、戰亂頻仍。以武立國的唐王朝，當然十分重視武功。唐代往安西的軍事移民就佔據了官方移民的大部分，安西的漢治地區基本上也實施軍府管理制度。每次的軍事活動也都涉及甚廣，需要克服的困難極多，參與的將士們甚為艱辛。《全唐文》載錄一段敘述當地行軍的文字：

軍令有行，困不敢息，鐵衣不解，吹角便行。邊庭路長，去去彌遠，往還三萬里，辛苦二週年。朝行雪山，暮宿冰澗，溪深路細，水粗麤□，大約一程，少亦百渡。人

後取道陸路經安西返回，開元十五年（727年）至龜茲。參閱慧超著，張毅箋釋：《往五天竺國傳箋釋》，中華書局，2000年4月。

〔註7〕陳尚君輯校：《全唐詩補編》，頁317此詩下箋注載錄《往五天竺國傳》中語：「又從吐火羅國東行七日，至胡蜜王住城，當來於吐火羅國。逢漢使入蕃，略題四韻，取辭五言」，北京：中華書局，1992年10月版。

膚皴裂，道上血流，畜蹄穿跙，路傍骨積，征馬被甲，塞草不肥，戰士戎衣，胡風盡化，今邊秋早冷，赤肉迎霜。〔註 8〕

唐代有組織、有準備、有計畫性的大規模行軍，多以「道」爲單位，以一個範圍和地區命名。據筆者粗略統計，在安西境內，以「道」冠名的大規模行軍就不下二十次，有時甚至一年便發生兩次。在這樣敏感和摩擦不斷的地區，無論是將士，還是邊民，乃至朝廷上下都十分關注安西軍情。即使從未到過安西的詩人也都紛紛留下了反映戰爭，尤其是反映邊地之苦的詩作。舉例如下：

〈塞下二首〉之一　許棠

胡虜偏狂悍，邊兵不敢閒。防秋朝伏弩，縱火夜搜山。雁逆風鼙振，沙飛獵騎還。安西雖有路，難更出陽關。（卷六百三，頁 6967）

〈戰城南〉　李白

去年戰桑乾源，今年戰蔥河道。洗兵條支海上波，放馬天山雪中草。萬里長征戰，三軍盡衰老。匈奴以殺戮爲耕作，古來唯見白骨黃沙田。秦家築城避（一作備）胡處，漢家還有烽火然。烽火然不息，征戰（一作長征）無已時。野戰格鬭死，敗馬號鳴向天悲。烏鳶啄人腸，銜飛上掛枯樹枝（一作銜飛上枯枝）。士卒塗草莽，將軍空爾爲。乃知兵者是凶器，聖人不得已而用之。（卷一百六十二，頁 1682）

〈征西將〉　張籍

黃沙北風起，半夜又翻營。戰馬雪中宿，探人冰上行。深山旗未展，陰磧鼓無聲。幾道征西將，同收碎葉城。（卷三百八十四，頁 4308）

〈塞上行〉　曹松

上將擁黃鬚，安西逐指呼。離鄉俱少壯，到磧減肌膚。風雪夜防塞，腥羶朝繫胡。爲君（一作軍）樂戰死，誰喜作征夫。（卷七百十六，頁 8225）

〔註 8〕〈安西請賜衣表〉，《全唐文》，北京：中華書局，1983 年 11 月出版，卷四百三十九，頁 4480。

〈出塞（一本有曲字）〉　于鵠

蔥嶺秋塵起，全（一作收）軍取月支。山川引行陣，蕃漢列旌旗。轉戰疲兵少，孤城外救遲。邊人逢聖代，不見偃戈時。微雪軍將（將軍）出，吹笳天未明。觀兵登古戍，斬將對雙旌。分陣瞻山勢，潛兵（一作軍）制馬鳴。如今青（一作新）史上，已有滅胡名。單于驕愛獵，放火到軍城。乘（一作待月）月調新馬（一作弩），防秋置遠營。空山朱戟影，寒磧鐵衣聲。度水逢（一作逢著降）胡說，沙陰有伏兵。（卷三百一十，頁3502）

從上列詩歌中，可以想象到安西邊塞的緊張程度，突如其來、一觸即發的情況時有發生，惡劣的自然環境更爲這種氣氛增添了幾分悲涼和壯烈。

唐代在安西駐軍眾多，遠遠超越了前代。這種情況下，雖有朝廷從內地撥給的大量費用和物資，但爲減輕當地居民的賦稅負擔和運糧之勞，來到安西的士卒們還有一項工作，就是巨大規模的軍屯〔註9〕，并以此建立了一系列嚴厲的軍屯管理體系。軍屯所收除了供給自用外，還要上納官倉。除了諸戍營田外，在一些偏遠烽鋪也要就近營田。有的烽鋪只有士兵三百餘人，附近又無水源及可屯之地，就要到遠離烽鋪的地方去墾荒，勞作無法借助耕牛，只能依靠人力，屯守士卒的勞苦可想而知。這樣的惡劣的屯戍條件在以下詩中有所描述：

〈塞下二首〉之二　許棠

征役已不定，又緣無定河。塞深烽砦密，山亂犬羊多。漢卒聞笳泣，胡兒擊劍歌。番情終未測，今昔謾言和。（卷六百三，頁6967）

〈沙場夜〉　于濆

城上更聲發，城下杵聲歇。征人燒斷蓬，對泣沙中月。耕牛朝輓甲，戰馬夜銜鐵。士卒浣戎衣，交河水爲血。輕

〔註9〕屯墾規模之大，可參閱馬國榮：〈唐代西域的軍屯〉，《新疆社會科學》，1990年第2期。

裘兩都客，洞房愁宿別。何況遠辭家，生死猶未決。（卷五百九十九，頁 6927）

〈前出塞九首〉　杜甫

戚戚去故里，悠悠赴交河。公家有程期，亡命嬰禍羅。君已富土境，開邊一何多。棄絕父母恩，吞聲行負戈。

出門日已遠，不受徒旅欺。骨肉恩豈斷，男兒死無時。走馬脫轡頭，手中挑青絲。捷下萬仞（一作丈）岡，俯身試搴旗。

磨刀嗚咽水，水赤刃傷手。欲輕腸斷聲，心緒亂已久。丈夫誓許國，憤惋復何有。功名圖騏驎，戰骨當速朽。

送徒既有長，遠戍亦有身。生死向前去，不勞吏怒嗔。路逢相識人，附書與六親。哀哉兩決絕，不復同（一作問）苦辛。

迢迢萬餘里，領我赴三軍。軍中異苦樂，主將寧盡聞。隔河見胡騎，倏忽數百羣。我始爲奴僕，幾時樹功勳。

挽弓當挽強，用箭當用長。射人先射馬，擒賊（一作寇）先擒王。殺人亦有限，列（一作立）國自有疆。苟能制侵陵，豈在多殺傷。

驅馬天雨雪，軍行入高山。逕危抱寒石，指落曾冰間。已去漢月遠，何時築城還。浮雲暮南征，可望不可攀。

單于寇我壘，百里風塵昏。雄劍四五動，彼軍爲我奔。虜其名王歸，繫頸授轅門。潛身備行列，一勝何足論。

從軍十年餘，能無分寸功。眾人貴苟得，欲語羞雷同。中原有鬬爭，況在狄與戎。丈夫四方志，安可辭固（一作困）窮。（卷二百十八，頁 2292）

尤其杜甫的〈前出塞九首〉，將一個普通將士在安西征戍的生活和心境變化全部細細寫出，還點出了普通士卒忍受軍官欺壓等一般人們難以了解到的軍旅弊病。又如張籍〈送安西將〉反映了將士們的無戰時戍守的日常生活：

萬里海西路，茫茫邊草秋。計程沙塞口，望伴驛峯頭（一作樓）。雪暗非時宿，沙深獨去愁。塞（一作憶）鄉人易老，莫住近蕃州。（卷三百八十四，頁 4319）

如果到訪過安西，便更能體驗到這首詩中的情景。從敦煌始，往西的建築與生活便是另一番面貌了。如天黑的時間變晚了、風沙雨雪來時天黑如夜；再如城市和建築都十分不同，吐魯番地區一個典型的遺址交河故城，便是唐時的行政處所，安西都護府最早的官署所在地。它座落於一片臨河黃土高地之上，全部以夯土版築而成，目之所及處一片平闊沉寂。故城雖規模龐大、基本設施俱全、防備森嚴，但相較中原，未免顯得過於簡陋，還常有地下屋室。長期駐守在此，生活在此，尚比更偏僻的關塞、烽燧要好很多，卻也會感到十分寂寞蕭索、蒼涼淒切。情景恰如李白〈關山月〉所敘述：

明月出天山，蒼茫雲海間。長風幾萬里，吹度玉門關。漢下白登道，胡窺青海灣。由來征戰地，不見有人還。戍客望邊色（一作邑），思歸多苦顏。高樓當此夜，歎息未應閒。（卷十八，頁 193）

和描述安西獨特的地貌相當，凡是書寫安西的詩歌都不免會提及戰爭、屯戍之苦。這類的零散詩句眾多，如「白日登山望烽火，昏黃飲馬傍交河」（李頎〈古從軍行〉，卷一百三十三，頁 1348）等，不勝枚舉，幾乎有安西書寫處，皆有戰聲。

但也不難發現，詩歌的邊塞書寫到了唐代，到了安西，這種心酸式的描寫已在逐漸退出主調地位；雖數量尤多，卻有很多情況是，只有隻言片語，有時還零散地出現在不完全屬於特書安西的詩篇中，其作用基本上也是作爲襯托將士們英勇精神的背景介紹和氣氛渲染之效。

四、表達故人、故鄉的思念

有道是「別家（一作來）賴夢歸，山塞多離憂」（岑參〈初過隴山途中呈宇文判官〉，卷一百九十八，頁 2024），前文也曾經提及，幾乎大部分的安西人口來自於移民，而離家萬里，長期居邊，即使再粗鄙的黔首平民，也難免會動相思之情，這種感情是最爲樸實和眞切的。詩人更是情感敏銳者，紛紛下筆書寫，終也成就了安西書寫中對故人、故鄉的思念題材。

而這種思念之情不外乎於思念情人、親人、故鄉這三種。分別舉例如下：

（一）男女之約：

〈獨不見〉　李白

白馬誰家子，黃龍邊塞兒。天山三丈雪，豈是遠行時。春蕙忽秋草，莎雞鳴曲（一作西）池。風催寒棧響，月入霜閨悲。憶與君別年，種桃齊蛾眉。桃今百餘尺，花落成枯枝。終然獨不見，流淚空自知。（卷二十六，頁366）

〈擣衣篇〉　李白

閨裏佳人年十餘，嚬蛾對影恨離居。忽逢江上春歸燕，銜得雲中尺素書。玉手開緘長歎息，狂（一作征）夫猶戍交河北。萬里交河水北流，願爲雙燕泛中洲。君邊雲擁青絲騎，妾處苔生紅粉樓。樓上春風日將歇，誰能攬鏡看愁髮。曉吹員管隨落花，夜擣戎衣向明月。明月高高刻漏長，眞珠簾箔掩蘭堂。橫垂寶幄同心結，半拂瓊筵蘇合香。瓊筵寶幄連枝錦，燈燭熒熒照孤寢。有便憑將金剪刀，爲君留下相思枕。摘盡庭蘭不見君，紅巾拭淚生氤氳。明年若更征邊塞，願作陽臺一段雲。（卷一百六十五，頁1711）

古代男女之間的深情柔腸通常會以代言體寫作出來，即詩人以女性的視角和口吻進行詩歌創作。這種方式早在先秦《詩經》中便已出現，唐代詩人在安西書寫中也運用了這一傳統方式。尤其是善樂府創作的李白，不僅借用古題，還將這種直白樸素的敘述繼承了下來。但伴隨著李白的「江洲明月」、「桃花蘭草」、「香巾羅帕」等多重意象及其細細描述，使代言體的敘情更加婉轉細膩，頗有婉約詞發端的風味。在家鄉和安西兩端的描寫對照中，又表現出了女子們對男子出征安西格外的擔憂。同樣的代言體還有很多，如：

〈效古〉　皎然

思君轉戰度交河，強弄胡琴不成曲。日落應愁隴底難，春來定夢江南數。萬丈遊絲是妾心，惹蝶縈花亂相續。（卷八百二十，頁9247）

〈昔昔鹽・風月守空閨〉　趙嘏

良人猶遠戍，耿耿夜閨空。繡戶流宵月，羅帷坐曉（一作晚）風。魂飛沙帳北，腸斷玉關中。尚自無消息，錦衾那得同。（卷二十七，頁376）

〈山鷓鴣詞二首〉　蘇頲

玉關征戍久，空閨人獨愁。寒露濕青苔，別來蓬鬢秋。人坐青樓晚，鶯語百花時。愁多人易老，斷腸君不知。（卷七十四，頁814）

以上都是以女子之口去寫思念赴安西的征人，這種敘事抒情的傳統形式，還能較好地以熟識寫陌生，以近寫遠，略過未眞正見識到的安西場景，重在描繪熟悉、貼近的人及生活變化，以之抒情。

（二）親友之誼：

〈和麴典設扈從東郊憶弟使往安西冬至日恨不得同申拜慶〉　李嶠

玉關方叱馭，桂苑正陪輿。桓嶺嗟分翼，姜川限饋魚。雪花含□晚，雲葉帶荊舒。重此西流詠，彌傷南至初。（卷五十八，頁698）

從詩題便可得知，這是抒寫兄弟情誼的詩，一在長安，一則遠在安西，兩相對照，相望相憶。又如岑參〈寄宇文判官〉：

西行殊未已，東望何時還。終日風與雪，連天沙復山。二年領公事，兩度過陽關。相憶不可見，別來頭已斑。（卷二百，頁2064）

在以詩歌當書信的作品中，這種內涵尤其常見，岑參的〈歲暮磧外寄元撝〉（卷二百，頁 2064）、〈玉門關寄長安李主簿〉（卷二百一，頁

2104）、〈寄韓樽〉（卷二百一，頁2101）都屬此類，將自己所處境況相報，遙寄思念，期望眞的可以「見詩如面」。

（三）落地之根：

〈登單于臺〉　李士元

悔上層樓望，翻成極目愁。路沿葱嶺去，河背玉關流。馬散眠沙磧，兵閒倚戍樓。殘陽三會角，吹白旅人頭。（卷七百七十五，頁8785）

抒寫登高望遠的情懷，歷來被詩人所偏愛。一方面可以俯仰上下，一覽眾景；一方面可以極目追尋離人或地點。內容上，前者常包羅萬象，留下詩人的概歎；後者則常沿視線而去，流露出惆悵感傷。上舉這首詩便屬於後者，詩人登上層樓後，彷彿望到了從玉關到蔥嶺乃至更西北的道路、景象，頓時心生思鄉之情，而這鄉愁濃厚不絕，致使旅人白了頭髮，才會說「悔上層樓」。

還有從另一方向到達安西後對故鄉思念的書寫，如貫休筆下的天竺國僧人：

〈遇五天僧入五臺五首〉之一　貫休

十萬里到此，辛勤詎可論。唯云吾上祖，見買給孤園。一月行沙磧，三更到鐵門。白頭鄉思在，迴首一銷魂。（卷八百三十二，頁9380）

總說辛苦，又分別敘述，經歷過安西之途後，無論是在時間上還是空間上，家鄉彷彿更加渺遠，甚至連想念都使人憔悴，難以回首。

對於這些思念的人來說，安西幾乎有著世人對一個最極端邊地認識的所有特點。它猶如一方神奇的放大鏡，可以成就最偉大的壯業，達到人生甚至是一個時代的巔峰；可以加倍來自一切因素的風險，催促人們走向生死的鬼門關；可以拉長與家鄉、親友的距離，超乎人們接受的極限。它可以創造神話傳奇，也可以消磨掉一切奇跡和希望。至少，我們看到詩人筆下的安西是這樣的。

以上這些內容和情愫的表達，也基本因循著歷來邊塞詩的傳統。

但是從寫作方式和情感張力來看，無論是相聚還是離別，巔峰還是地獄，安西哪怕只是作爲一方背景出現在詩歌中，都讓這些情愫注入了可以將它推向極致的動力，以及更爲豐富新奇的魅力。

第二節　視角多元

安西惡劣的自然與人文環境，對文士的吸引力都遠不如中原內地。將帥武人居多，大多數有胡人血統，不尚文雅，自然就少了很多應舉、赴選、下第等題材的詩歌；且安西爲邊疆重防，拱衛京師之軍事重鎮，多以名將領軍出鎮，也便少了貶謫、召回京師、任滿回朝等題材的詩歌。〔註10〕所以，來到安西的文人多爲使邊、從軍、入幕的入仕文人，而布衣文人多是來找出路，希望進入仕途的。然而，這畢竟還是少部分，大多數詩人都不曾來過安西。詩人的身分平生不同，所見所聞、所經所感，以及與其他詩人互動中產生的作品，自然也就不同。從詩人的不同身分、視角出發，考察這些詩歌的內容和主題，也可進行分類。以下謹就每個視角各列舉一些典型詩人與詩作進行分析：

一、想象建構

唐代親赴安西的文人本就很少，留下的詩作也就寥寥可數了。因爲這種機會往往是與軍事行動相關，如行軍戍邊；對於看似只能「舞文弄墨」卻一心壯志的文人來說，很難找到合適的位置和機會。難怪詩人楊炯發出「寧爲百夫長，勝作一書生」（〈從軍行〉，頁 611）的感慨。但對於未到過安西，承繼了邊塞詩書寫傳統，卻充滿了想象或憧憬的一些詩人來說，時代背景和思潮變化，觸發作詩靈感的情境也變得多樣了。他們詩作中所呈現的安西面貌和主題內容，也許會有更多不同。所以，考察這類詩歌，往往要從他們的寫作場景、緣由來看。

〔註10〕詳參李德輝：《唐代交通與文學》，長沙：湖南人民出版社，2003 年 3 月第 1 版，頁 65。

而且一種背景下的詩作，往往會產生帶有不同於傳統邊塞詩的角度視野，以及不同程度的情感詩作。以下列舉幾種頗有特點、建立在不同場景下對安西進行想象式書寫的類別：

（一）應和

自古以來，人們對應和印象是無病呻吟，情感並不飽滿，多誇張溢美之詞。李唐王朝統治者多愛文藝，雖大多數詩人仍難逃窠臼，但李白等少數詩人卻仍能在這種情況下寫出佳作。

唐太宗李世民就曾作詩一首，就詩中描述，應是平定安西等邊疆地區後的作品：

〈執契靜三邊〉　李世民

執契靜三邊，持衡臨萬姓。玉彩輝關燭，金華流日鏡。無爲宇宙清，有美璇璣正。皎佩星連景，飄衣雲結慶。戢武（一作戈）耀七德，升（一作昇）文輝九功。煙波澄舊碧，塵火息前紅。霜野韜蓮劍，關城罷月弓。錢綴榆天合，新城柳塞空。花銷蔥嶺雪，縠盡流沙霧。秋駕轉兢懷，春冰彌軫慮。書絕龍庭羽，烽休鳳穴戍。衣宵寢二難，食旰餐三懼。翦暴興先廢，除凶存昔亡。圓蓋歸天壤（一作壞），方輿入地荒。孔海池京邑，雙河沼帝鄉。循（一作修）躬思勵己，撫俗愧時康。元首佇鹽梅，股肱惟輔弼。羽賢崆嶺四，翼聖襄城七。澆俗庶反淳，替文聊就質。已知隆至道，共歡區宇一。（卷一，頁3）

太宗雖未親征過安西，但畢竟久經沙場，詩中既有武將之氣，又不乏宮廷清麗之風，還有作爲帝國統治者的自信與謙卑，眼界與反思。而作爲太宗朝很受賞識的臣子許敬宗便也因之奉和一首：

〈奉和執契靜三邊應詔〉　許敬宗

玄塞隔陰戎，朱光分昧谷。地遊窮北際，雲崖盡西陸。星次絕軒臺，風衢乖禹服。寰區無所外，天覆今咸育。竄苗猶有孽，戮負自貽辜。疏網妖鯢漏，盤藪怪禽逋。髯飛尚假息，乳視暫稽誅。乾靈振玉弩，神略運璇樞。日羽廓遊氣，天陣清華野。升晅光西夜，馳恩溢東瀉。揮袂靜崑炎，開關納流赭。錦軺淩右地，華纓羈大夏。清臺映羅葉，玄沚控瑤池。駝（一作駃）鹿輸珍覎，樹羽饗來儀。輟觴覿化宇（一作雨），栖籥萃條支。熏風交閬闕，就日泛濛漪。充庭延歙至，絢簡敷春藻。迎姜已創圖，命力方論道。昔託遊河乘，再備商山皓。欣逢德化流，思效登封草。（卷三十五，頁 462）

與原詩相較，此詩雖是一脈相承，都在讚頌平定的偉大歷史進程，但太宗詩給人的感覺，更像是一種自然的趨勢所定，頗有大局意識，亦即將事件融入景致之中，流灑自然清新，也肯定了征戰將士的功績；後半部分帶出議論，也頗有作爲一個統治者自警、自省與自我期寄的意味。而許敬宗開篇便直接帶入事件環境，將這些塞外地區視爲未化之域，最大程度地讚頌皇恩德化之沐澤，華夏王朝之光輝，語言博彩眾家，引經據典，巧妙的比喻將道理與敘述相結合，不至於枯燥乾癟。另一首王維之作：

〈奉和聖制送不蒙都護兼鴻臚卿歸安西應制〉　王維

上卿增命服，都護揚歸旆。雜虜盡朝周，諸胡皆自鄶。鳴笳瀚海曲，按節陽關外。落日下河源，寒山靜秋塞。萬方氛祲息，六合乾坤大（一作泰）。無戰是天心，天心同覆載。（卷一百二十五，頁 1235）

這首詩應是夫蒙靈詧自開元二十九年（741）至天寶六載（747）任安西節度使這一期間所作。此詩正是唐王朝平定了突騎施兩姓之爭後不久，且剛立安西節度使這一節度制官制，大食勢力剛剛推進至藥殺水域，形勢還相對平穩。所以才有「雜虜盡朝周，諸胡皆自鄶」、「無戰」等語。王維素以妙筆寫景著稱，被評爲「詩中有畫，畫中有詩」，除了「大漠孤煙直，長河落日圓」（〈使至塞上〉，頁 1279）的名句外，這首詩中也有使臣揚旌、秋塞落日的圖景描寫，聲象皆有，富於動態，渾融一體。詩中還描摹天下太平之狀，最後將無戰的聖意天心歸入天地道化，頗符合其追求自然淡遠的詩歌風格。

如上舉例，詩人對安西之事有感，將安西之景寫入詩歌中。即使是應制奉和之作，還多停留於歌功頌德，尤其是對當代統治者的讚揚，並將安西作爲新納入恩化之地；但已不比一般傳統應制之作的平白淺露，也並非一味極端地夸揚敘事，而是對安西這個時政熱點確有所感，爰將所論所悟融入，使人讀罷仍有一些興味可言。其實，應和一類在安西書寫的詩歌總量中所佔最少，但作爲推動唐詩依律定制的詩歌形式，其重要性自然不容忽視。而且可能因身處宮廷館閣，所以應制作品中對安西的印象和想象更爲刻板和模糊，有著較深的華夷思想，如「胡」、「虜」「戎」一些鄙稱，甚至喻爲「妖鯢」「怪禽」等用詞都會流露出來，因之也具有一定的局限性和獨特性。

再從另一個角度觀察，應制詩多有稱頌「登仙」的情況，但在安西這片擁有著天山、昆崙與瑤池等充滿神秘色彩事物的土地上，卻少了很多以此爲內容的詩歌。即如上舉詩例，李白、吳筠等零星幾篇，儘管有些涉及，但還是很少有遊仙元素加入，神話色彩也大大減少。原因也許有三：其一，唐人雖有著極強的想象力和創造力，但基本還是比較追求務實；其二，安西的特點豐富，現實議題的可關注點，遠遠超過了神秘性的可關注點；其三，以往遊仙詩多出於現實的極度無奈、隱忍與絕望，而唐代的開闊度與包容度擴大，使這樣的情懷變得越來越少見，詩人作詩大都可直抒胸臆，熱情奔放。

（二）送別

古人重離別，一是因爲壽命較短，一是因爲當時交通聯繫的條件十分有限，一別很難再見，於是便多了很多灞橋長亭、折柳相送的故事和詩歌。對安西書寫的各種場景中，送別之作的數量也是最多的。又因安西特殊的地理位置和社會因素，人們常是抱著去而不返的情緒來進行一場場生離死別的。而這樣的私人情感的流露不同於「大局意識」下的書寫，更顯得自然眞切，有時甚至與之矛盾，往往成爲安西書寫精彩的線索和激發點。並且，鑒於多數人對安西艱險環境的印象，書寫手法也多採用慣用的比喻描繪，一筆帶過，重在情的表達，恰似傳統送別詩常有的惆悵和依依不捨之情。

首先，男女離別中，最常見的便是妻子送丈夫出征的敘述。如：

〈雜歌謠辭．雞鳴曲〉　李廓

星稀月沒上（集作入）五更，膠膠角角雞初鳴。征人牽馬出門立，辭妾欲向安西行。再鳴引頸簷頭下，月（集作樓）中角聲催上馬。才分地色第三鳴，旌（一作斾）旗紅塵已出城。婦人上城亂招手，夫壻不聞遙哭聲。長恨雞鳴別時苦，不遣雞棲近窗户。（卷二十九，頁 419）

詩中的丈夫拂曉便辭妻赴安西征戰，以時間爲線敘述，每一次的雞鳴都彷彿是愈發緊迫地催促、殘忍地拆散，不斷推進著事件發展。招手、啼哭、登高遠望，悲傷仍不可解，最後將這種情緒也與雞鳴聯繫在了一起，採取了掩耳盜鈴式的逃避、排解方式，可見其深厚和糾結的感情。但這類以女子口吻書寫的詩歌，常是詩人托婦人之口，是典型的代言之作。

而親友間的送別則很少有這樣錐心刺骨的激烈哀怨，常是徐徐地塗上一層不捨和離愁，如王維著名的〈送元二使安西（一作渭城曲）〉：

渭城朝雨浥輕塵，客舍青青（一作依依）楊柳春（柳色新）。勸君更盡一杯酒，西出陽關無故人。（卷一百二十八，頁 1306）

詩歌一開始並未提及送別，轉而先寫明朗清新的景色，卻以朝雨、行塵、客舍、楊柳所賦予羈旅別離的意象暗示。後句臨到不得不別時，積壓的情感一時間爆發出來，一句「勸酒辭」脫口而出，深情且自然。前後句相接也彷彿有著一個時間和感情的遞進過程，惜別之情盡吐。此絕妙之作被此後詩評者頻頻稱道，奉爲絕唱，並譜爲歌曲，不斷應用。《全唐詩》題解中也道：

渭城一曰陽關，王維之作也，本送人使安西詩，後遂被於歌。劉禹錫與歌者詩云：「舊人唯有何戡在。更與慇懃唱渭城。」白居易〈對酒〉詩云：「相逢且莫推辭醉。聽唱陽關第四聲」，即「勸君更盡一杯酒。西出陽關無故人」也。

渭城、陽關之名，蓋因辭云。

詩樂相結合，一詠不足，三疊而歌。渭城或是陽關，也因此成爲了一個典型的赴安西送別的意象，出現在詩句中。也恰是奔赴安西的這段陌生神秘、艱難兇險、生死未卜的前路，使人們心中離別的愁緒更多層次、更深程度，激發出如此平白而深切的詩句。同樣送友人的還有岑參〈醉裏送裴子赴鎮西〉：

醉後未能別，待醒方送君。看君走馬去，直上天山雲。（卷二百一，頁 2101）

雖然是這樣的平鋪直敘，卻在樸實中表達了遠別的離愁與希冀。從這首詩也能發現安西書寫中離別主題的另一個特點，也是唐詩轉變的一個方面，亦即安西的書寫逐漸跳脫出了傳統送別詩的離愁別緒，融入了讚揚、鼓勵與希冀成分。正如杜甫〈送韋書記赴安西〉詩言：「夫子欻富貴，雲泥相望懸」，此別赴安西後，兩人即會產生天差地別的懸殊差距。這一方面是因爲大唐激昂開闊的精神影響，一方面也是因爲安西在人們心中如此獨特，早已成爲士人追求功名、實現價值的場域。赴安西的送別，很多已經成爲勇士們赴戰前的壯行。這樣的詩歌佔據了安西書寫中送別敘曲的大部分，舉例如下：

〈送趙順直（一作頤貞）郎中赴安西副大都督（護）〉 張説

絕鎮功難立，懸軍命匪輕。復承遷（一作還）相後，彌重任賢情。將起神仙地，才稱禮樂英。長心堪繫虜，短語足論兵。日授休門法，星教置陣名。龍泉恩已著（署），燕頷相終成。月窟窮天遠，河源入塞清。老夫操別翰，承旨頌升平。（卷八十八，頁 972）

〈送康祭酒赴輪臺〉 曹唐

灞水橋邊酒一杯，送君千里赴輪臺。霜黏海眼旗聲凍，風射犀文甲縫開。斷磧簇煙山似米（一作火），野營軒地鼓如雷。分明會得將軍意，不斬樓蘭不擬迴。（卷六百四十，頁 7343）

〈送程、劉二侍郎兼獨孤判官赴安西幕府〉　李白

安西幕府多材雄，喧喧惟道三數公。繡衣貂裘明積雪，飛書走檄如飄風。朝辭明主出紫宮，銀鞍送別金城空。天外飛霜下蔥海，火旗雲馬生光彩。胡塞清塵幾日歸，漢家草綠遙相待。（卷一百七十六，頁 1796）

〈送從弟亞赴安西（一作河西）判官〉　杜甫

南風作秋聲，殺氣薄炎熾。盛夏鷹隼擊，時危異人至。令弟草中來，蒼然（一作茫）請論事。詔書引上殿，奮舌動天意。兵法五十家，爾腹爲篋笥。應對如轉丸（一作圓），疏通略文字。經綸皆新語，足以正神器。宗廟尚爲灰，君臣俱（一作皆）下淚。崆峒地無軸，青（一作清）海天軒輊（一作車疐。見潘岳賦）。西極最瘡痍，連山暗烽燧。帝曰大布衣，藉卿佐元帥。坐看清流沙，所以子奉使。歸當再前席，適遠非歷（一作虛）試。須存武威郡，爲畫長久利。孤峯石戴驛，快馬金纏轡。黃羊飫不羶，蘆（一作魯）酒多還醉。踴躍常人情，慘澹苦士志。安邊敵何有，反正計始遂。吾聞駕鼓車，不合用騏驥。龍吟回其頭，夾輔待所致。（卷二百十七，頁 2273）

通過這些送別例詩，可以看出，這些即將奔赴安西的人員之多，有從軍的武將兵士，也有入幕的文臣策士，從中也能發現一些雖未留傳下安西書寫作品，卻表明曾赴安西的詩人，這些形形色色的人，在各自領域發揮著自己才華與能力。詩人想象中和詩歌中的安西也自然不比他地，是一個充滿機會的地方，並不像以往被貶流放之地的涕零送別，使這種送別之情有了更多的內容、層次和新意。

（三）評議時事

這一類的詩歌其實包含的面向很多，詩人或在京都朝廷，或在外遊邊，離安西的遠近程度不同，對安西的想象和書寫也不只一種；也會因對戰爭、和親、會盟、通使等不同事件的不同立場，而有不同的視角。如聽聞戰爭爆發後所作：

〈孤燭怨〉　陸龜蒙

前回邊使至，聞道交河戰。坐想鼓鞞聲，寸心攢百箭。（卷六百二十七，頁 7204）

詩人得知交河一帶的戰事後，內心的忐忑不安和憂慮隨著想象的戰鼓聲一起發出。這樣的詩歌因事而發，尚偏於主觀感受，而一些詩歌則直接對時事作出大膽的評判，如：

〈送從翁中丞奉使黠戛斯六首〉　趙嘏

揚雄詞賦舉天聞，萬里油幢照塞雲。僕射峯西幾千騎，一時迎著漢將軍。

旌旗杳杳雁蕭蕭，春盡窮沙雪未消。料得堅昆受宣後，始知公主已歸朝。

雖言窮北海雲中，屬國當時事不同。九姓如今盡臣妾，歸期那肯待秋風。

牢山望斷絕塵氛，灩灩河西拂地雲。誰見魯儒持漢節，玉關降盡可汗軍。

山川險易接胡塵，秦漢圖來或未眞。自此盡知邊塞事，河湟更欲托何人。

秦皇無策建長城，劉氏仍窮北路兵。若遇單于舊牙帳，卻應傷歎漢公卿。（卷五百五十，頁 6373）

黠戛斯是唐王朝遠處安西後方的一個盟友，首領聲稱是漢代李陵之後，唐王朝曾置堅昆都督府於此，直接參與了唐西北與突厥、回鶻的戰爭，影響著安西時局的變化。但在公元 758 年，黠戛斯在與回鶻的戰爭中慘敗沒落，「自是不能通中國」〔註 11〕。經筆者考證，詩中的這段時期應是公元 843 年前後，兩方在經歷了長期隔絕後重新開始互相通使，重新請求歸屬冊封。詩人借詩歌表達了對西邊地區和平的期許，以及對時政的評論和憂慮。

前文提到過許多讚頌英雄精神的詩作，既然有尚武，並推崇開拓精神的詩作，自然也有反對的聲音，如：

〔註 11〕（宋）歐陽修、宋祁撰：《新唐書》，北京：中華書局，1975 年 2 月出版，卷二百一十七下，頁 6149。

〈漢南書事〉　李商隱

西師萬眾幾時回，哀痛天書近已裁。文吏何曾重刀筆，將軍猶自舞輪臺。幾時拓土成王道，從古窮兵是禍胎。陛下好生千萬壽，玉樓長御白雲杯。（卷五百四十，6206）

詩人記錄了旨意發布令萬人之師西征事，把此事視爲窮兵黷武的觀念的體現，大力批判，頗爲提倡愛民、好生之德。其主題可與反映征戍之苦相連結，但不難看出，又有與之相別之處。這個差別就在於，這些直接的評論不僅限於對征戍場景的描繪和同情，而是直接披露出詩人發掘到的潛藏在深層次的根源，有些還將這種現象的副作用以及對比場景寫作出來，提醒讀者，發人深省。或者，即使所發之論過於狹隘、片面，也不失爲一種視角和聲音，供人省思。

詠史諷刺是詩歌中一個委婉議論的方式，多是借詠歎前代之事，而意指今日之弊。這類詩歌往往立足於一個獨特的視角，翻案前史，雖在安西書寫中並不多見，但一旦出現，多出於著眼當時情勢而否定漢代的政策，一些觀點性的零散詩句常可散見其他詩歌中，如「誰知漢武輕中國，閑奪天山草木荒」（沈彬〈塞下三首〉，卷七百四十三，頁 8455）、「當令外國懼，不敢覓和親」（王維〈送劉司直赴安西〉，卷一百二十六，頁 1271）。這些詩往往都是因當時的時事有感而發，闡述自己的觀點，角度不拘一格。

除了這些主題落在安西「事情」上的詩歌，還有大量零散的詩句，穿插在非以安西作爲書寫主角的詩歌中。它們在全篇中並非主要，而是借經典的安西之景，虛寫以烘托渲染氣氛，如「疊鼓遙翻瀚海波，鳴笳亂動天山月」（王維〈燕支行〉，頁 1257）即是其例。〔註 12〕

憑藉想象書寫安西的詩作，具有多樣性，卻因爲缺少身臨其境的經歷和感受，很容易形成幾個共性的特點，如多用既有邊塞詩傳統的古題、偏愛用典言志、描摹措辭相近相同、短暫借用實爲言他等。當

〔註 12〕似此作品借用安西意象意味極重，數量極多，未全部選入「安西書寫」詩歌中，而視其「安西」信息價值和容量而定。

然，這些詩篇也不乏佳作，尤其是在初唐，詩歌還大多處在於樓臺館閣的局限下，這些詩人無論是抱負還是氣勢，都遠遠地擴大了詩歌的題材內容和風格氣概，甚至影響了更多數人的審美意識，開闢了一幕「壯美」的盛世唐音。

二、親臨其境

唐代以前，人們只聽聞塞上風雲變幻，達到邊塞地區的人卻很少。尤其是西北地區，長期脫離中原王朝的直接統治範圍，在人們心中，充滿了傳奇和神秘。當一個人，尤其是一個詩人，眞正身臨其境來到這片土地時，他的作品和感受便成爲了世人窺見安西的一扇窗。以下選取幾位詩人進行具體論述：

（一）今日流沙外，垂涕念生還——來濟的貶謫驪歌

目前文獻所載，並有詩作流傳的唐代最早來到安西的詩人，當屬來濟。他也是一個典型的，卻難得的，以貶謫之由來到此地的詩人。

來濟（610～662），揚州江都人，隋代忠烈來護兒之子，年幼時躲過滅門之難，流離艱險。後因「篤志爲文章，善議論，曉暢時務」〔註13〕而擢進士，曾任通事舍人、中書舍人、中書侍郎、弘文館學士等職，後在中書省累遷，官至宰相。來濟曾參與撰寫《晉書》與國史，也因修國史之功加官進爵。但在看似平步青雲的仕途上，來濟卻迎來了人生的轉折點。

來濟是一個忠善秉直之人，早在太宗朝討論如何處置廢太子李承乾時，來濟便不理會其他人的沉默，諫言留取廢太子性命，得到了太宗的採納。到了高宗朝，卻因與韓瑗、褚遂良、長孫無忌等反對武氏封妃立后而遭排擠，只是相位尙保。顯慶二年（657），武后羽翼許敬宗、李義府誣告來濟、韓瑗與褚遂良構成朋黨，準備謀反，便被貶爲台州刺史，終身不許回京。

〔註13〕《新唐書》卷一百五，列傳第三十，頁4031。

顯慶四年（659），關隴士族的領袖長孫無忌被迫自裁，韓瑗被處死，第二年來濟便改任庭州（今新疆昌吉回族自治州）刺史。雖然顯慶三年（658）時，安西便晉級爲大都護府，立四鎮，蔥嶺以西悉定，版圖盛極一時。但當時的庭州〔註 14〕處在西突厥部落的汗庭故地，和緊鄰的、新立的羈縻都護府州，仍以原西突厥的首領爲長官，民族矛盾仍是重要隱患。且庭州在天山以北，一旦邊界動亂突起，安西主力兵力大都布局在天山以南的四鎮（此時爲龜茲、于闐、疏勒、焉耆）〔註 15〕，馳援也頗費時間。來濟被貶至此，無論是環境還是局勢，無疑都面臨著巨大的挑戰。而來濟只是在赴任途中留下了一首詩〈出玉關〉：

斂轡遵龍漢，銜悽渡玉關。今日流沙外，垂涕念生還。

（卷三十九，頁 501）

玉關可謂是從中原向安西進發的最後一關，過了玉關從此便開始進入茫茫的流沙大磧。來濟把這一轉途視爲一個象徵，也許在踟躕回望和垂涕後，將未來的路途和人生看作是一場劫難的開始，心中不勝淒涼幽怨。末尾兩句也道出了無盡心酸：一旦到了流沙另一端，此生怕是再難以活著回來了。「斂轡」之舉、「銜悽」之態，輕描淡寫地帶過了他跌宕起伏經歷的回顧，彷彿一個義士自此拋下前塵，慷慨悲壯地掩面赴義。

事實證明，來濟也的確以這樣的姿態完滿了此生。之前經歷戰亂的庭州蕭條荒廢，「以來濟爲刺史，理完葺焉」〔註 16〕。龍朔二年

〔註 14〕貞觀二十三年（649）於西突厥可汗浮圖城故地創置庭州，至是唐磧西三州俱備。

〔註 15〕後晉・劉昫等撰：《舊唐書》，北京：中華書局，1975 年 5 月出版，卷一百九十八西戎・龜茲國，頁 5304。原文爲龜茲、于闐、疏勒、碎葉爲四鎮，始見「四鎮」之稱，但「碎葉列四鎮，是高宗時事；此處當爲焉耆」，當時，濛池都護府初建不久，碎葉還在其原西突厥部落的統管下，「唐是時勢力未達碎葉也」。參閱岑仲勉〈西突厥史料編年補闕〉，《西突厥史料補闕及考證》，北京：中華書局，2004 年，頁 29。

〔註 16〕李吉甫撰：《元和郡縣制》，北京：中華書局，1993 年 6 月第 1 版，頁 1033。

（662），西突厥部進犯庭州，來濟統領兵馬抵禦。他自言多年前就該被處死，蒙赦性命，當以身報國。於是他不穿甲冑，率領軍隊反擊，戰死沙場，是年五十三歲，高宗賜其靈柩還鄉。雖未「生還」，亦得其所。來濟只留下這一首詩，但這卻是安西書寫中難得的貶謫之作。且此作承襲大多數前人的邊塞詩傳統，仍以消極悲戚爲主調，他筆下的安西，是充滿對立與痛感的。

（二）一得視邊塞，萬里何苦辛——駱賓王的軍功之路

駱賓王（622～684）〔註17〕，字觀光，婺州義烏（今浙江義烏）人，是一個地道的江南人士。七歲便以「能詩文」聞名鄉里，被稱爲神童，青少年時期因父之故，便開始長期居於齊魯之地。年近五十，始對策中式，在朝任官。一生幾經波折，曾輾轉齊魯、京城、安西、巴蜀等地，位卑而詩名遠播，與王勃、盧照鄰、楊炯並稱爲「初唐四傑」。駱賓王也是一位有性格和骨氣的詩人，曾因「頻貢章諷諫」而被誣贓入獄。所作〈獄中詠蟬〉、〈螢火賦〉頗見氣節和才華，傳爲佳作。武則天稱帝後，駱賓王爲徐敬業等起義軍起草了著名的〈討武氏檄文〉，一時名動天下。兵敗後，行蹤成謎，生死未知。

駱賓王是唐代較早便從軍出塞的文人之一，大概在高宗儀鳳三年（678）〔註18〕，駱賓王已五十歲有餘，即投筆從戎，來到安西，並參與了平定安西，尤其是西突厥諸部的歷史性的行軍。

自吐蕃勢力崛起開始犯唐後，不僅侵犯唐境，向中原逼近，還大舉攻佔安西，並聯合大食頻繁挑唆西域諸部叛唐。〔註19〕唐統治者對

〔註17〕關於駱賓王的生卒年一直存在爭議，另有生於619、640等說。

〔註18〕駱出塞的具體時間又有咸亨元年（670）之說，筆者取儀鳳三年（678）說，參閱薛宗正著：《安西與北庭——唐代西陲邊政研究》，哈爾濱：黑龍江教育出版社，1998年12月修訂版，頁125；石墨林編著：《唐安西都護府史事編年》，烏魯木齊：新疆人民出版社，2012年3月第1版，頁240。

〔註19〕當時吐蕃已擴版圖之大有「党項及諸羌之地，東與涼、松、茂、雋等州相接，南至婆羅門（天竺），西又攻陷龜茲、疏勒等四鎮，北抵

其反攻計畫早已提上日程。但無奈於薛仁貴大非川之役和李敬玄、劉審禮主持的西征兩次大規模行動失利後，正面出師本已不具勝算，西突厥的首領阿史那都支和李遮匐又乘機發兵，〔註20〕安西的處境十分危急。此時，被貶爲西州都府使的裴行儉獻策，利用使團護送波斯王子回國主政的名義，親率一支名爲波斯軍隊的武裝部隊，在必經的兩廂控制的安西之地隊發動奇襲。〔註21〕

駱賓王很早就被裴行儉所賞識。裴曾在上元三年（676，儀鳳元年）委以洮州道左二軍管時，就舉薦過還在武功主簿任上的駱賓王，欲「任以書記之事」〔註22〕，駱賓王則以母親年事常病請辭，未入「千

突厥，地方萬餘里。自漢、魏以來，西戎之盛，未之有也。」見《舊唐書》，北京：中華書局，1975年5月出版，卷一百九十六，頁5224。

〔註20〕阿史那都支和李遮匐是西突厥的兩個政權，是龍朔、乾封年間十姓部落反唐附蕃暴動的歷史產物。最初西突厥由一個統一的政權分化爲左、右兩廂的十姓部落，分佈於碎葉、伊麗水東西。左廂爲咄陸諸部，右廂爲弩失畢諸部。併入唐版圖後，在兩廂分置羈縻州府，首領可汗分別被冊立爲都護，隸於安西大都護府。到了龍朔、乾封年間，吐蕃、大食崛起和聯盟，得到了吐蕃在幕後的唆使和支持，龍朔二年（662）龜茲發動的叛亂迅速擴展至疏勒，唐遣將率兩廂可汗平叛不力，誤殺左廂首領，反引起左廂叛亂。阿史那都支爲叛亂首領，自立後附於吐蕃。乾封二年（667）右廂羈縻可汗卒，部將阿史那遮匐（即李遮匐，唐曾賜姓）也叛唐附吐蕃。

〔註21〕波斯，位於吐蕃、吐火羅之西，是西域諸國中的大國，《隨書》、《舊唐書》、《新唐書》皆有傳。波斯立國逾千年，公元651年最終被阿拉伯人建立的大食國所滅，開始進入伊斯蘭化。其末代薩珊王朝王子卑路斯（亦爲唐在公元651年所封的波斯都督府之都督）早已來唐避難，約儀鳳三年（678）客死於長安。其子泥涅師師充質子在唐宮，便被唐冊立爲波斯王，令其回國主政，拜裴行儉爲冊立波斯王暨安撫大食使，工方翼爲之副，以此名義率使團出行。參閱《舊唐書》卷八十四·裴行儉，北京：中華書局，1975年5月出版，頁2802；《新唐書》卷一百八。裴行儉，北京：中華書局，1975年2月出版，頁4086；《資治通鑒》卷二百二。高宗調露元年，北京：中華書局，1956年6月，頁6390～6391；《冊府元龜》卷三百六十六，北京：中華書局，1960年6月出版，頁4355。

〔註22〕〈上吏部裴侍郎書〉，見《駱丞集》卷一，頁。參閱《安西與北庭》，頁42～43。

里絕塞」，卻由此調任長安主簿。〔註 23〕而此次行動，母親應已辭世，駱賓王便應其徵召，上書裴行儉，以軍中記室的身分奔赴安西。爲此駱賓王吟歎出自己的感慨，名爲〈詠懷古意上裴侍郎〉（約作於儀鳳三年，公元 678 年前後）〔註 24〕：

> 三十二餘罷，鬢是潘安仁。四十九仍入，年非朱買臣。縱橫愁繫越，坎壈倦遊秦。出籠窮短翮，委轍涸枯鱗。窮經（一作磨鉛）不霑用，彈鋏欲誰申。天子未驅策，歲月幾沈淪。輕生長慷慨，效死獨慇懃。徒歌易水客，空老渭川人。一得視邊塞，萬里何苦辛。劍匣胡霜影，弓開漢月輪。金方（一作刀）動秋色，鐵騎拍（一作想）風塵。爲國堅誠款，捐軀忘賤貧。勒功思比憲，決略暗欺陳。若不犯霜雪，虛擲玉京春。（卷七十七，頁 832）

駱賓王的這首詩用典頗多，起首至「空老渭川人」，都是在引用歷史上與自己身世遭遇相近的人物典故，表達處境艱難、懷才不遇人生，以及蹉跎歲月、抑鬱不平的心境。後段就開始表現自己雖然位卑，且要離京遠走，從軍邊塞絕境，有諸多辛苦艱難，卻仍然希望能夠達成爲國建功的壯志。

駱賓王一路上的詩作也表明了進軍行動及入安西的路線：由長安迂行西北，深秋由靈州渡黃河〔註 25〕，所作〈宿溫城望軍營〉（頁 858）詩可證；至冬季則取道沙洲度過流沙大磧，隔年春季進至蒲類海（今巴里坤湖，伊吾軍所在地）；由此折道西南，隔年盛夏至西州；再越

〔註 23〕薛宗正認爲，駱賓王的此次由武功調任長安，也賴裴行儉之力。參閱《歷代西陲邊塞詩研究》，蘭州：敦煌文藝出版社，1993 年 4 月第一版，頁 41。

〔註 24〕編年及其考據參閱石墨林編著：《唐安西都護府史事編年》，烏魯木齊：新疆人民出版社，2012 年 3 月第 1 版，頁 232，以下駱詩注編年者如是。

〔註 25〕長安到涼州有南北兩條驛道，而軍隊出兵常走北道，因爲沿途鎮戍甚多，容易集結招募兵力，或是也有這方面考量，參閱嚴耕望《唐代交通圖考》第二卷〈河隴磧西區〉，第 341～420 頁，《中央研究院歷史語言研究所專刊》八十三，臺北：中央研究院歷史語言研究所，1985 年出版。

過天山，直抵碎葉。〔註 26〕（詳見筆者繪圖）

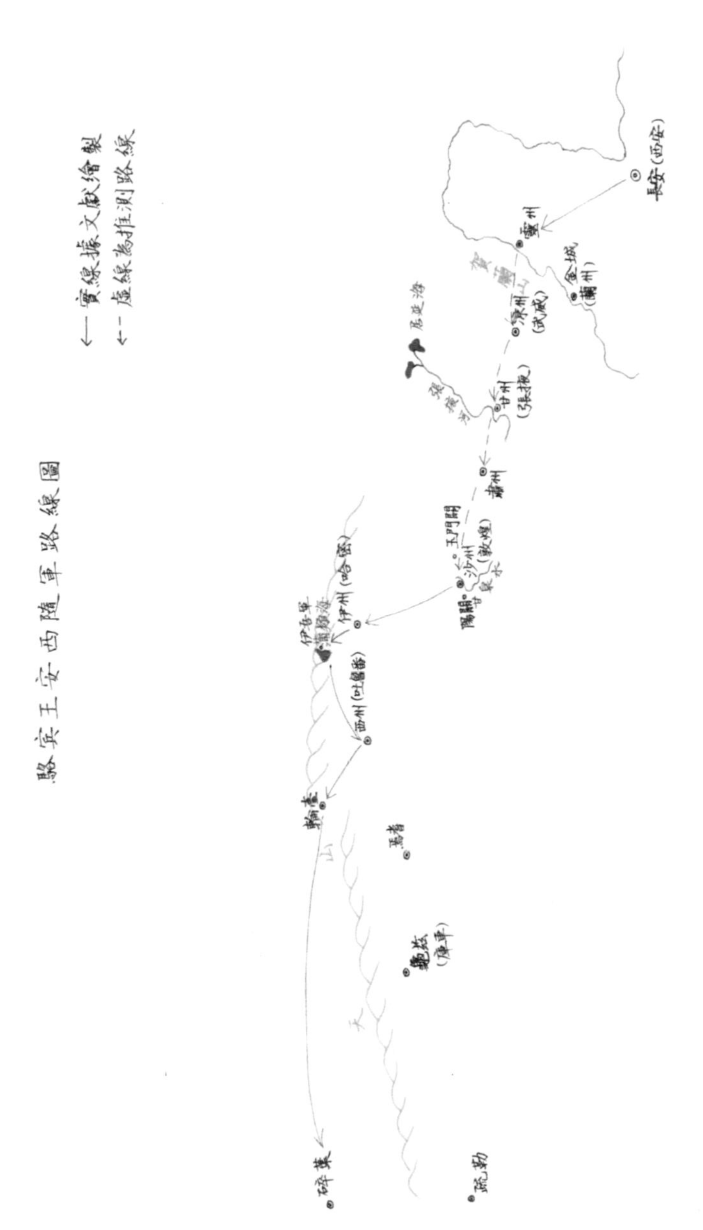

〔註 26〕參閱《安西與北庭》，頁 133。

〈夕次蒲類津（一作晚泊蒲類）〉（儀鳳三年，公元 678 年前後）〔註 27〕應是「使團」到達蒲類海時的作品，全詩如下：

> 二庭歸望斷，萬里客心愁。山路猶南屬，河源自北流。晚風連朔氣，新月照邊秋。竈火通軍壁，烽煙上戍樓。龍庭但苦戰，燕頷會封侯。莫作蘭山下，空令漢國羞。（卷七十九，頁 854）

唐時蒲類海爲伊吾軍所在地，此詩的實景描寫成爲安西，尤其是軍伍的寫照之一。邊塞秋夜，新月當空，詩人眼望著安西的山路、湖河，晚風攜帶著寒氣襲來，壁壘森嚴的戍樓不時升起烽煙，一片蕭肅。這段萬里出師之路尚在半途，雖有客愁，終不能辱沒使命，結尾以班固、李陵典故發出這樣的心聲。可見，詩人雖來到荒涼之地，又有征戍之苦，但沒有將這種基調暈染開來，心中懷想起歷史上作出兩種不同的選擇的人物，可能更能體會到他們的艱難處境，產生諸多感慨，以此來激勵自己。另一首〈邊城落日〉（儀鳳三年，公元 678 年前後）〔註 28〕也有相似布排和安西景色描寫：

> 紫塞流沙北，黃圖灞水東。一朝辭俎豆，萬里逐沙蓬。候月恒持滿，尋源屢鑿空。野昏邊氣合，烽迥戍煙通。膂力風塵倦，疆場歲月窮。河流控積石，山路遠崆峒。壯志凌蒼兕，精誠貫白虹。君恩如可報，龍劍有雌雄。（卷七十九，頁 858）

詩中大量文字和意象描寫了安西之景：紫青色的關塞、流沙、隨風沙流轉的蓬草、周圍險遠曲折的山川河流等。還化用典故表明了行軍攻戰不斷、水源難尋的艱難境況，最後仍以典故表明自己及軍士們的精誠之志。

除了集中描寫安西景色，駱賓王還有一些在安西征途中，懷念京都長安的特色詩作，如〈晚度天山有懷京邑〉（儀鳳三年，公元 678

〔註 27〕《唐安都護府史事編年》，頁 233。
〔註 28〕《唐安都護府史事編年》，頁 234。

年前後）〔註 29〕：

忽上天山路，依然想物華。雲疑上苑葉，雪似御溝花。行歎戎麾遠，坐憐衣帶賒。交河浮絕塞，弱水浸流沙。旅思徒漂梗，歸期未及瓜。寧知心斷絕，夜夜泣胡笳。（卷七十九，頁 854）

據裴行儉軍隊的行軍路線，此詩應寫於從西州向更西北的碎葉進發時跨越天山的途中。登上了天山，眼前所見的美景讓詩人想起了京城的景色：夜間山間的雲層掩映像皇宮的繁葉密林，飛舞的飄雪似長安河的落花。即使想念長安，也還未達成使命，歸途彷彿遙遙無期。絕塞上的河流蕩著流沙向遠處流去，空寂荒涼，和京城繁花似錦之象截然不同。於是，傷心斷腸之感每夜伴著胡笳聲蔓延開來。

再如〈久戍邊城有懷京邑〉（儀鳳三年，公元 678 年前後）〔註 30〕：

擾擾風塵地，遑遑名利途。盈虛一易外，心跡兩難俱。弱齡小山志，寧期大丈夫。九微光賁玉，千仞忽彈珠。棘寺游三禮，蓬山簉八儒。懷鉛慙後進，投筆願前驅。北走非通趙，西之似化胡。錦車朝促候，刁斗夜傳呼。戰士青絲絡，將軍黃石符。連星入寶劍，半月上彫弧。拜井開疎勒，鳴桴動密須。戎機習短蔗，袄祲靜長榆。季月炎初盡，邊亭草早枯。層陰籠古木，窮色變寒蕪。海鶴聲嘹唳，城烏尾畢逋。葭繁秋色引，桂滿夕輪虛。行役風霜久，鄉園夢想孤。灞池遙夏國，秦海望陽紆。沙塞三千里，京城十二衢。楊溝連鳳闕，槐路擬鴻都。壁殿規宸象，金堤法鬥樞。雲浮西北蓋，月照東南隅。寶帳垂連理，銀牀轉轆轤。廣筵留上客，豐饌引中廚。漏緩金徒箭，嬌繁玉女壺。秋濤飛喻馬，秋水泛仙艫。意氣風雲合，言忘道術趨。共矜名已泰，詎肯沫相濡。有志慙雕朽，無庸類散樗。關山暫超忽，形影歎艱虞。結網空知羨，圖榮豈自誣。忘情同塞馬，比德類宛駒。隴阪肝腸絕，陽關亭候迂。迷魂驚落雁，

〔註 29〕《唐安都護府史事編年》，頁 233。
〔註 30〕《唐安都護府史事編年》，頁 233。

> 離恨斷飛梟。春去榮華盡，年來歲月蕪。邊愁傷郢調，鄉思繞吳歈。河氣通中國，山途限外區。相思若可寄，冰泮有銜蘆。（卷七十九，頁 862）

這首詩描寫了駱賓王西行的心路歷程，之後出現了大段文字都是回想或者想象中的京城的景象。其中思念和由此產生兩地間的對照和輝映，形成了一種很大的表現力。還有「紫塞流沙北，黃圖灞水東」（〈邊城落日〉，卷七十九，頁 858）句也都是以安西與京城對寫，可見征戍日久，懷念望歸之情的強烈。

〈從軍中行路難二首〉之二（儀鳳三年，公元 678 年前後）〔註31〕是一首較長篇幅的作品，也最大限度地「嵌入」了安西的地名及地貌特點：

> 君不見玉關塵色暗邊庭，銅鞮雜虜寇長城。天子按劍徵餘勇，將軍受脈事橫行。七德龍韜開玉帳，千里鼉鼓疊金鉦。陰山苦霧埋高壘，交河孤月照連營。連營去去無窮極，擁旆遙遙過絕國。陣雲朝結晦天山，寒沙夕漲迷疏勒。龍鱗水上開魚貫，馬首山前振雕翼。長驅萬里讋祁連，分麾三命武功宣。百發烏號遙碎柳，七尺龍文迥照蓮。春來秋去移灰琯，蘭閨柳市芳塵斷。雁門迢遞尺書稀，鴛被相思雙帶緩。行路難（集重行路難三字），誓令氛祲靜皋蘭。但使封侯龍頷貴，詎隨中婦鳳樓寒。（卷七十七，頁 833）

「行路難」本就是樂府舊題，「備言世路艱難及離別悲傷之意」。〔註32〕這首詩出現的諸多安西地名及景色描寫，極大地將整個行軍作戰情況和軍威反映出來，高呼出一掃邊患、建功立業的口號與決心。如果說駱詩深切的相思之作多牽自夜晚暗自回顧的話，那麼這首詩彷彿就是旭日騰起、艷陽高照時的豪邁行伍之作。整個鋪排不僅不會因地理名詞而感到冗雜，還更多了幾分渾合與雄奇。

〔註31〕《唐安都護府史事編年》，頁 232。
〔註32〕（宋）郭茂倩：《樂府詩集》，北京：中華書局，1979 年 11 月第 1 版，卷七十，頁 997。

裴行儉大軍到達西州時，休駐很長時間。原因是裴口中的「大熱，未可以進，宜駐軍須秋」〔註 33〕，但實際緣故卻是爲了痲痺西突厥部，使首領都支不設備。並且以從遊出獵爲名招募當地子弟萬人，「乃陰勒部伍，數日，倍道而進」〔註 34〕，擒拿都支於措手不及，並執送碎葉。又出精驥，「李遮匐降，悉俘至京師。將吏爲刻石碎葉城以紀功。」〔註 35〕副將王方翼留守碎葉，駱賓王有極大的可能性繼續留在了碎葉，至遲應該至開耀元年（681）才帶著文人軍旅生涯的遺憾離開了安西。

駱賓王本就是一個性格剛正，滿懷熱血的詩人。他筆下的安西，不再像他之前描繪的表情狀景之作，只著重在精小的方面，而是在安西大的景色環境中狀寫天地相接、混合一體的大漠戈壁。雖然報國之志一直貫穿在他書寫安西的詩作中，但還是細致地表達出自己的切身感受和思緒的變化：從躊躇滿志，到行旅之艱，再到思鄉心切，眞實和強烈的程度非一般想象者可及。

在那個時代的感召下，駱賓王是唐代第一位自請出塞從軍的詩人，也是「初唐四傑」中惟一一個眞正來到安西的詩人，他在安西留駐時間應該不少於兩年。無論是他的行動還是作品，都極大地激勵了後來的許多詩人文士隨軍奔赴塞外或邊地，如陳子昂、高適、岑參、李益等。他們當中也許大多數人由於執筆之限，未能一展抱負，但留傳下的作品卻讓他們達成了另一個人生巔峰，甚至革新了一代詩壇及文壇。

（三）旅魂驚塞北，歸望斷河西——崔融的轉折征途

崔融（653～706），字安成，齊州全節（今濟南章丘）人，二十四歲應辭殫文律科制舉及第，曾三年間連年應舉連中八科。早期歷任絳州夏縣尉、東宮左春坊宮門丞兼崇文館直學士、太子侍讀、涇州從

〔註 33〕《新唐書》卷一百八，頁 4086。

〔註 34〕《新唐書》卷一百八，頁 4086。

〔註 35〕都支與遮匐本有約「及秋拒使者」，突然遭襲，相救不及，且當時吐蕃內部居喪，政權不穩，無暇顧及馳援突厥兩部，故得此大勝。參閱《新唐書》卷一百八，頁 4086。

事，多酬唱屬文於宮廷館閣。且文采卓著，幾乎可謂是武后第一御筆，與李嶠、蘇味道、杜審言等交游，被稱爲「文章四友」。睿宗垂拱三年（687）十二月，崔融三十五歲，隨韋待價西征。之後任著作佐郎、鳳閣舍人等職，後因附張易之兄弟貶爲袁州刺史，不久召拜國子司業，兼修國史，因修《則天實錄》，得封清河縣子。中宗神龍二年（706）病逝，追封衛州刺史，嘉諡曰文。〔註36〕

自從調露元年（679）之後，在裴行儉、王方翼的平定下，安西局勢相對穩定，但武后掌權後，志在改朝稱帝，中央政局不穩，名將柴哲威、裴行儉、王方翼、程務挺等因政治因素被削或被殺，給了一直覬覦安西的吐蕃機會。約在睿宗垂拱三年（687）前後，剛剛平定了內亂的吐蕃，出兵越昆崙山，進入安西，攻克四鎮，「焉耆以西，所在城堡，無不降下，遂長驅東向，侵常樂縣界，斷莫賀延磧，以臨我敦煌」〔註37〕。十二月二日，右相韋待價爲安息道行軍大總管討吐蕃，〔註38〕時任安西大都護的閆溫古作爲副帥，崔融爲掌書記，就這樣隨大軍來到了安西。但次年五月軍行至寅識迦河（今阿克蘇河），與吐蕃主力交戰。因糧餉不繼，又途遇風雪，「遲留不進，士卒多飢饉而死」〔註39〕，便旋師弓月（今新疆伊犁霍城縣北），頓於西州（今新疆吐魯番）。此次行軍終告失敗，韋待價配流繡州，閆溫古被斬，安西副都護唐休璟收其眾，遷西州都督。安西降爲都護府，返治西州，復置西州都督府，治庭州。之後，唐暫失四鎮，直到三年後的長壽元

〔註36〕參閱陳冠明：〈崔融年譜〉，《中國古典文獻學叢刊（第四卷）》，天津師範大學古典文獻研究所，2005年。

〔註37〕崔融〈拔四鎮議〉，《全唐文》卷二百一十九，頁2215。

〔註38〕原本韋待價較早提出過一個名爲「安息道行軍」的龐大西征計劃。此處安息特指安國改置的安息州，地瀕烏滸水北岸，可見此次西征的目標不僅在打擊吐蕃，目的也在於重新鑿通安西直抵烏滸水域的大道。且韋待價請纓之時，值吐蕃內亂，正好乘虛出擊，但武氏謀立稱帝，因此西征大計被擱置，失去了有利戰機。參閱薛宗正《安西與北庭——唐代西陲邊政研究》，頁150。

〔註39〕《舊唐書》，卷六，頁120。

年（692），武氏稱帝改元後，唐休璟上表請復四鎮，武威軍大總管王孝傑方率軍復之。

崔融參與了這次的出師，其陣容之大超過前代任何一次。路線似由西州，經焉耆、龜茲、入西突厥右廂弩失畢部，進攻吐蕃西北邊地，進而直指烏滸水域的安國、吐火羅（見筆者繪圖）。爲保此戰勝利，不僅全面改善武器裝備，還廢除了自唐初一直沿行不輟的御史監軍制度，以加重統帥權威，甚至想過再派出側翼部隊策應西征。〔註 40〕崔融之後還曾隨軍東征，但邊塞題材的詩作大多還是此次西征所作。可見安西這片土地的人、事物及西征的浩大陣勢帶給他的衝擊之大。最具標誌性的作品便是：

〈西征軍行遇風〉　崔融

北風卷塵沙，左右不相識。颯颯吹萬里，昏昏同一色。馬煩莫敢進，人急未遑食。草木春更悲，天景晝相匿。夙齡慕忠義，雅尚存孤直。覽史懷浸驕，讀詩歎孔棘。及茲戎旅地，忝從書記職。兵氣騰北荒，軍聲振西極。坐覺威靈遠，行看氛祲息。愚臣何以報，倚馬申微力。（卷六十八，頁 764）

安西境內，西北風力十分強大，最大時甚至超越十二級，甚至近世報道新疆地區的火車曾被突起的大風掀翻，每每遇到大風，常停駛待息。風多、風急也是它的特點，所以，如今新疆地區風車矗立，風力發電發達。如此大風與沙共同作用，便可形成沙塵暴，甚至是恐怖的黑沙暴。對比這些，崔融當年遇到的大風的情景彷彿可以想見。行軍途中突然遭遇大風，席捲了黃沙大作，昏黃一片，能見度極低，且砂石迷眼，左右難以辨認，人與馬匹難以行進。正值春季，這裡的草木卻還一直飽受摧殘。據此，筆者推斷，此詩作於出征後的第四或第五月，即睿宗垂拱四年（688）的三或四月，應已經出西州、焉耆，在龜茲附近一代。〔註 41〕後半部分，崔融便開始追思懷古，引經據典，

〔註 40〕參閱薛宗正：《安西與北庭》，頁 151。

〔註 41〕崔融的相關研究作品中，只將各詩粗略系於垂拱三年（687）下，卻

表現將士們的振作與昂揚，以及自己深受感召，盡獻微力的決心。另一篇，〈從軍行〉也是這樣一篇讚頌西征軍士雄壯強大的作品：

未進一步推斷準確時間，分次先後，筆者依一般的行旅速度、詩歌景物、感情變化試作初探。

穹廬雜種亂金方，武將神兵下玉堂。天子旌旗過細柳，匈奴運數盡枯楊。關頭落月橫西嶺，塞下凝雲斷北荒。漠漠邊塵飛眾鳥，昏昏朔氣聚群羊。依稀蜀杖迷新竹，彷彿胡床識故桑。臨海舊來聞驃騎，尋河本自有中郎。坐看戰壁爲平土，近待軍營作破羌。（卷六十八，頁765）

此詩中同樣寄予了自己作爲強師勁旅中一員的自豪和壯志，期盼一掃邊患的願望，但卻著重寫「武將神兵」，側寫塞外蒼涼廣闊風光以襯托，一語帶過鄉思，卻絲毫未流露出對安西艱苦行旅的哀怨。出於對情感和寫景的分析，此詩應稍早於上首，乃出師之初所作，時約一或二月份所作。

下面二首則是出師日久思念之作：

〈關山月〉　崔融

月生西海上，氣逐邊風壯。萬里度關山，蒼茫非一狀。漢兵開郡國，胡馬窺亭障。夜夜聞悲笳，征人起南望。（卷十八，頁194）

〈塞上寄內〉　崔融

旅魂驚塞北，歸望斷河西。春風若可寄，暫爲繞蘭閨。（卷六十八，頁768）

詩人寫男女思念時，常以代婦言的角度書寫，已成一種傳統。崔融此詩卻不同，他反向描寫，直接寫自己所處的場景近況，也直接書寫對「閨中玉人」的綿綿思念。然而這兩首思念之作的寫作時間卻不相同，隨著出師日久，在安西時長，思念之情便會愈發濃郁不解。前首雖有「西海」、「關山」、「南望」等提示，但也有詩人虛寫的可能，所以此詩尚不確定時間，筆者據情感和景物暫作推測，暫且繫於二或三月。後者據「旅魂驚塞北，歸望斷河西」、「春風」作線索，可推斷應作於出征後期，即四、五月份，也很有可能是兵敗寅識迦河後之作。

〈擬古〉是一首敘寫男女思念之作，卻融入了多方面、多角度的描寫：

> 飲馬臨濁河，濁河深不測。河水日東注，河源乃西極。思君正如此，誰爲生羽翼。日夕大川陰，雲霞千里色。所思在何處，宛在機中織。離夢當有魂，愁容定無力。夙齡負奇志，中夜三歎息。拔劍斬長榆，彎弓射小棘。班張固非擬，衛霍行可即。寄謝閨中人，努力加飧食。（卷六十八，頁 764）

詩人敘述出征生活，一片蒼涼，不覺思念起遠在家中的妻子，提起愁思，將征途景色和閨中場景結合起來，又轉而訴說自己的衷腸壯志，牽掛、鼓勵親人，也是對自己理想信念的激勵和堅定，行文流暢，不覺轉折突兀，眞如書信傳聲，娓娓傾訴，表現細膩。根據崔融一行人的行軍路線推測，剝去詩人的誇張層面，河源在「西極」，河水東流，且水勢較大、極爲渾濁的河，應爲赤河（今塔里木河），或者是黃河；而赤河通常冬春季河水勢小、封凍，故後者的可能性較大，應爲剛離家出征後不久，約十二月或一月相思初起的作品。

崔融是宮廷詩人出身，與沈佺期、宋之問等宮廷人士往來酬唱，但對詩歌有著自己的理論，見於《唐朝新定詩格》，詩歌風格並不完全流於館閣之風。這次西征也給本就流麗的詩歌，注入了更多的眼界、活力與風骨。崔融這方面雖所作不多，率爲古題之作，也都懷著高漲的報國壯志與細膩濃郁的思念兩種鮮明的主題情感，且二者書寫風格又相對獨立。但從宮廷走向邊塞的貢獻，無論是題材內容，還是渾然壯闊、蒼勁豪邁的風格表現，都使他在初唐的邊塞詩開拓中佔有重要的一席之地，與初唐四傑、陳子昂等人擁有同樣的影響和作用。

不僅如此，此次親赴安西的深刻經歷還影響了崔融的眼界和思想。就在崔融辛苦從軍安西回朝十年後的神功元年（697），時任鸞臺侍郎的狄仁傑以神功元年以來頻歲出師，百姓西戍四鎮，極爲凋敝爲由上疏，請廢安西四鎮。〔註 42〕而眞正到達過安西，體驗過其中千辛

〔註 42〕《全唐文》卷一百六十九頁 1725、《舊唐書》卷八十九頁 2889、《冊府元龜》卷九百九十一頁 11646、《唐會要》卷七十三頁 1571 等皆有載。

萬苦的崔融卻上議，請不拔四鎮。〔註 43〕上疏從安西具體的歷史、地理、軍事等角度，又結合自身的從軍安西的經驗、教訓，總結出了安西的獨特和關鍵地位，四鎮的重要和必要，其辭文采飛揚，又懇切獨到，頗具說服力。最終，武后採納他的建議，可以說，安西以及西征對崔融的詩歌乃至整個一生的影響都是重大的，也通過筆端讓這段經歷永遠留存在詩篇中。

（四）雲沙萬里地，「不」負一書生——岑參的進退兩程

岑參是唐代親赴安西時間最長的一位詩人，對安西的書寫也最爲獨特。他不僅滿懷著立功報國的豪情，還對這片土地感到新奇和喜愛，並且始終貫通著一種高昂樂觀的雄放精神。如果說駱賓王是年過半百希望通過遠赴安西求取功名，筆下的安西給人的印象大多是險遠，那麼岑參的生平和作品則是另外一番面貌。首先從數量上來看，就可以發現岑參的安西「專作」很多，其他筆下提到安西之地、之景的作品加起來就更是不勝枚舉了；甚至在一些主寫其他地域的詩歌中，也不忘「回望」一下安西。在內容思想上來看，岑參擴大了安西書寫的題材，尤其是「奇異」之處，也從中流露出豐富的思想感情。

岑參（約 715～770），隸籍南陽（今河南新野），後徙江陵（湖北荊州）。岑參之前，岑氏一門在唐代曾出過三個宰相——曾祖父文本相太宗、伯祖父長倩相高宗、伯父羲相睿宗。但岑參少時，家道中落，「早歲孤貧，能自砥礪，徧覽史籍」〔註 44〕。岑參二十餘歲時，曾漫遊中原和北方地區，與王昌齡等交游。玄宗天寶三載（744）進士，任率府兵曹參軍。天寶八載（749），充安西節度判官，隸安西四鎮節度使高仙芝幕。天寶十載（751）回到長安，與李白、杜甫、高

〔註 43〕《全唐文》卷二百一十九，頁 2215；《唐會要》卷七十三頁 1572；（宋）李昉：《文苑英華》，北京：中華書局，1966 年 5 月，卷七百六十九頁 4048 皆有載。

〔註 44〕杜確：〈岑嘉州詩序〉，載於廖立箋注《岑嘉州詩箋注》，北京：中華書局，2004 年 9 月第 1 版，頁 1。

適等人交游。天寶十三載（754），又爲安西、北庭節度使封常清的判官。安史之亂起，岑參東歸勤王，肅宗至德二載（757）才回到長安，被杜甫等人舉薦爲右補闕。〔註 45〕後由於「頻上封章，指述權佞」，改任起居舍人，又被貶虢州（今河南省靈寶）長史，又任太子中允、庫部郎中等職。後出任嘉州（今四川樂山）刺史，由此人稱「岑嘉州」，代宗大曆五年（770）客死於成都。

岑參生活的那個年代，無論文學和史學都被稱之爲盛唐。但這一時期的安西地域所發生的版圖伸縮變化很大，這主要是因爲一個西域強國——大食的河外（烏滸水外）擴張引起的。之前，唐王朝在滅亡了東突厥、薛延陀，以及平定了各個西突厥反唐部落叛亂後，基本上解除了來自西北遊牧民族政權的巨大威脅，西域諸國也都歸附於唐。從邊疆思想和實際統治力度來考慮，唐王朝並無意再繼續西進。但大食，這個興起於阿拉伯半島的伊斯蘭國家，在統一半島之後，隨即分兵東西，各自向外擴張，滅了盛極一時的大國波斯，迫使波斯王族逃亡吐火羅等地，曾多次向唐朝求救。而大食的勢焰熏天和強制性的伊斯蘭化，也使信仰襖教或佛教的西域諸國惶恐不已，紛紛尋求唐王朝的庇護和援助。

玄宗開元末期，由於突騎施，這一安撫安西、安定西域的政權，發生內亂和衰落，加上大食歷經一個世紀的努力，邊界已從烏滸水推進到藥殺水域，並與吐蕃結盟，吐火羅等多數西域諸國或被大食軍事強佔，或臣服於大食，只有寧遠國（原拔汗那國）和史國還可稱得上是唐的盟友。在吐蕃控制之下的大、小勃律、朅師國，還與大食聯合出兵，進犯當時安西西部最後的防線寧遠國。玄宗天寶六載（747），與岑參密切相關的人物之一，高麗族的蕃將高仙芝，就是在這種情況下出任安西副都護的。他出師附於吐蕃的大、小勃律，獲得大捷，且大食又發生內亂，唐王朝算是暫時壓制住了來自西方的危機。天寶八

〔註 45〕參閱杜甫等〈爲遺補薦岑參狀〉，載於《岑嘉州詩箋注》，頁 844。

載（749），黑衣大食王朝正式取代白衣大食得以建立。岑參即是在這一年，被授予安西判官，啓程奔赴安西。

岑參關注安西已久，對安西的書寫也可以視爲是從想象到親臨的典型。根據《岑嘉州詩箋注》所說，早在天寶六載（747），岑參還在長安，未赴安西時，就有詩〈送人赴安西〉，〔註 46〕無論是詩題和內容都初涉安西：

上馬帶胡鉤，翩翩度隴頭。小來思報國，不是愛封侯。萬里鄉爲夢，三邊月作愁。早須清黠虜，無事莫經秋。（卷二百，頁 2081）

「萬里鄉爲夢，三邊月作愁」，體現了安西的遙遠和淒苦，這是岑參在赴安西前對它的最初印象。而爲何「莫經秋」？一方面是盼望平定安西、早日歸來，一方面也許是秋思總能勾起深厚的愁怨，另一方面也或許會擔憂秋後的安西天氣和環境極端難耐。雖然不知岑參所送爲何人，但從他的描述中推想，應是一位翩翩少年、赤誠俠士，藉由他「小來思報國，不是愛封候」的大義，也表達出了岑參最初的赤誠之心。以致聯繫岑參赴安西之後的詩作，可以看出岑參遠赴安西的思想和意圖重心，應非多數人所希冀的求取個人功名，而是在那個大的時代背景中，眞正希望奔赴戰場，挽救安西邊患，爲國平亂。

岑參從京都長安遠赴安西的路途遙遠，目前學者們對具體路線的考證研究主要有五家，對自長安至晉昌（即瓜州）間看法基本相同，差異在自晉昌至安西府地（龜茲，今庫車）的路線：出陽關西行線（絲綢之路的南道）；出陽關、玉門關北行西州蒲昌線（南北道結合）、出陽關赴伊州、西州線（中道）。〔註 47〕筆者採用「絲綢之路中道」之說，但根據詩句「突兀蒲昌東」（〈經火山〉）推斷出赤亭後應先到火山，再經蒲昌，即玉門關——苜蓿烽——莫賀延磧——赤亭——火山

〔註 46〕《岑嘉州詩箋注》，頁 667。

〔註 47〕關於學界討論成果的詳細概述與考據參閱史國強、趙婧：〈岑參赴安西路途考證〉，《新疆大學學報（哲學·人文社會科學版）》，2007 年 1 月，第 35 卷第 1 期。

——蒲昌——銀山磧——焉耆——鐵門關——安西（如筆者繪圖所示）。

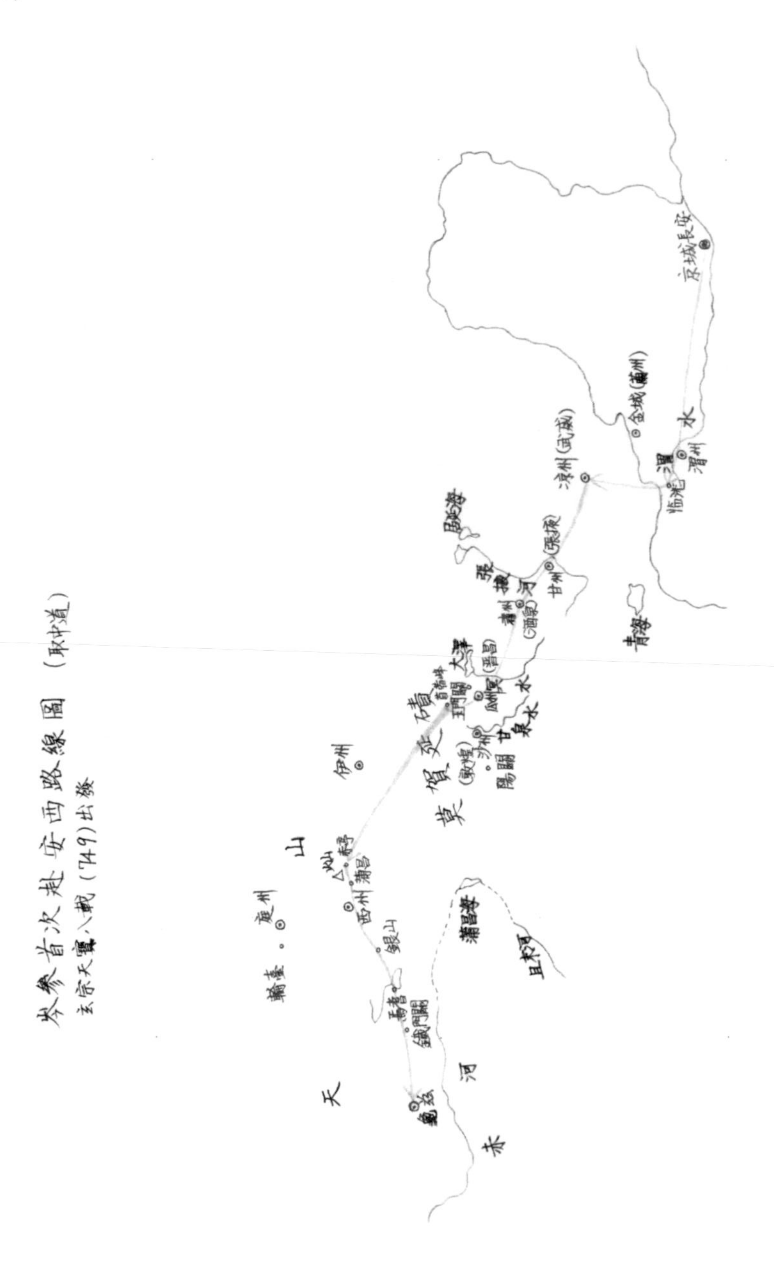

在赴安西的路途中，岑參也寫下十餘首詩歌。這些詩歌不僅反映沿路所目睹的景色變化，還在趨於安西色彩的景象中，表現了他對安西的想象建構。如他在〈初過隴山途中呈宇文判官〉中寫道：

一驛過一驛，驛騎如星流。平明發咸陽，暮及隴山頭。隴水不可聽，嗚咽令人愁。沙塵撲馬汗，霧露凝貂裘。西來誰家子，自道新封侯。前月發安西，路上無停留。都護猶未到，來時在西州。十日過沙磧，終朝風不休。馬走碎石中，四蹄皆血流。萬里奉王事，一身無所求。也知塞垣苦，豈爲妻子謀？山口月欲出，先照關城樓。谿流與松風，靜夜相颼飀（一作颸）。別家（一作來）賴歸夢，山塞多離憂。與子且攜手，不愁前路修。（卷一百九十八，頁 2024）

其「十日過沙磧，終朝風不休。馬走碎石中，四蹄皆血流」四句，生動地轉述了安西的景象：十日方能度過流沙大磧，可見其廣袤；飆風呼嘯，終日不見停歇，可見其空曠和惡劣氣候；馬走在碎石滿地的戈壁灘上，馬蹄都被刺破磨傷流血，更不必說人行了，可見其艱險。但一句「也知精神塞垣苦，豈爲妻子謀」的反問，表明了愿受困苦離愁、爲國奉獻的決心和精神。此後隨著路途漸久，更多的是：「東西流不歇，曾斷幾人腸」（〈經隴頭分水〉，頁 2102）、「平添兩行淚，寄向故園流」（〈西過渭州見渭水思秦川〉，頁 2102）這樣的飄零思家之感。及至西出陽關，岑參開始眞正踏上安西的土地，見到了之前耳中、想象中的大磧後，這種情感愈加強烈，甚至出現了似後悔、似絕望的詩作：

〈磧中作〉

走馬西來欲到天，辭家見月兩回圓。今夜不知何處宿，平沙萬里絕人煙。（卷二百一，頁 2106）

〈日沒賀延磧作〉

沙上見日出，沙上見日沒。悔向萬里來，功名是何物。（卷二百一，頁 2102）

〈度磧〉

黃沙磧裏客行迷，四望雲天直下低。爲言地盡天還盡，

行到安西更向西。（卷二百一，頁2106）

〈磧西頭送李判官入京〉

一身從遠使，萬里向安西。漢月垂鄉淚，胡沙費馬蹄。尋河愁地盡，過磧覺天低。送子軍中飲，家書醉裏題。（卷二百，頁2067）

誠然，在這八百里沙漠中，到處都是一望無際的黃沙，一片平寂。天空更顯低沉，目之所及，景象俱同，沒有方向，沒有標誌物，而且絲毫沒有生命的跡象。這些視覺觀感上的衝擊，讓人更覺孤寂、恐懼和思念。

但度過莫賀延磧之後，他逐漸適應了這種極端惡劣的環境，雖然還不時道出大多數人慣有的鄉思，卻開始對安西的各種人事物表現出極大的好奇心。正如杜甫在〈渼陂行〉中寫道「岑參兄弟皆好奇，攜我遠來遊渼陂」（頁226），岑參本就有很強的好奇心和探險精神，在他一生四處遊歷的生平中也可見一斑。也許在岑參的心中，安西也正是這樣一片神秘、奇特的土地，很早便已闖入了他的腦海。在岑參筆下，安西獨特的「火山」地形就是這樣一個奇特的典型：

〈經火山〉

火山今始見，突兀蒲昌東。赤焰燒虜雲，炎氛蒸塞空。不知陰陽炭，何獨燃此中。我來嚴冬時，山下多炎風。人馬盡汗流，孰知造化功。（卷二百九十八，頁2046）

這是岑參第一次見到火山，即現今「火洲」吐魯番地區的火焰山。岑參將奇特的感受從上到下一一寫出：紅色的火焰彷彿直燒雲彩，炎熱的環境使其間一片空寂。這是對火焰山顏色、溫度的描寫，一「燒」、一「蒸」的形容，頗具動態，也極符合火焰山地帶溫度最高可達六十甚至七十攝氏度的情況；尤其是空氣被加熱流動，在視覺上所產生的燒融一般的情景。並且，這時正值冬季，山下路過還多是熱風，人和馬都汗流不止。筆者親自到訪過火焰山，當時八月地表溫度竟有七十五攝氏度，那種赤紅的山體顏色和炎熱的溫度的確如詩中所述，並非誇張之詞，但仍可以感受到詩人岑參的激動和興奮之情，正如他的感概：「不知陰陽碳，何獨燃此中」、「人馬盡汗流，孰知造化功」。

另一作：

〈火山雲歌送別〉

火山突兀赤亭口，火山五月火雲厚。火雲滿山凝未開，飛鳥千里不敢來。平明乍逐胡風斷，薄暮渾隨塞雨回。繚繞斜吞鐵關樹，氛氳半掩交河戍。迢迢征路火山東，山上孤雲隨馬去。（卷一百九十九，頁 2052）

詩中提及時間為五月，證明已經不是岑參第一次的嚴冬時節見火山了。而此詩和上首詩中都說到了火山的「突兀」，可見火山的確是附近最為突出的一座山峰，也與現今吐魯番盆地的地形相符，應是自古以來即如此。這次岑參著重寫火雲，彷彿火山真如火焰般直上雲天，又籠罩在大地上。忽而天氣突變，因風起雨來而暫被打斷，卻仍是如森林大火般吞沒周圍；或是溫度直攝附近，從此路過，也彷彿是從火中穿越，攪動火焰，馬蹄尾帶火雲而落。這次描寫雖不如第一次那樣激動地感慨驚歎，卻更加的細緻、磅礴，重在寫火山之「火」與周圍景物渾融為一體之奇偉壯景。

這樣稱奇的描寫還可見於「終日風與雪，連天沙復山」（〈寄宇文判官〉，卷二百，頁 2064）、「雪中行地角，火處宿天倪」（〈宿鐵關西館〉，卷二百，頁 2090）、「銀山峽口風似箭，鐵門關西月如練」（〈銀山磧西館〉，卷一百九十九，頁 2056）等句及〈題鐵門關樓〉（卷二百九十八，頁 2046）等詩，往往寥寥幾筆，便能將景物特征刻畫出來。只是除火山外，其他多為散句。

若以每首詩的中心感情來歸納這一程的岑詩，還是思家之情居多，並且往往在尾句中直接點明自己心中的悲愁，如上文提到〈宿鐵關西館〉的尾句「那知故園月，也到鐵關西」等。還有全詩敘寫對故園思念之作，如〈逢入京使〉：

故園東望路漫漫，雙袖龍鍾淚不乾。馬上相逢無紙筆，憑君傳語報平安。（卷二百一，頁 2106）

此詩最是平鋪直敘，毫無技巧，卻最是樸實動人。明代李攀龍《唐詩訓解》中即道：「思家方迫，適逢此人，無紙筆以作書，而傳語以通音息，敘事眞切，自是客中絕唱。」〔註48〕清代吳瑞榮《唐詩箋要》也稱頌此詩符合「眼前景，口頭語」，確屬「詩家絕妙辭」的典範。〔註49〕

再如〈安西館中思長安〉：

家在日出處，朝來喜東風。風從帝鄉來，不與家信通。絕域地欲盡，孤城天遂窮。彌年但走馬，終日隨飄蓬。寂寞不得意，辛勤方在公。胡塵淨古塞，兵氣屯邊空。鄉路眇天外，歸期如夢中。遙憑長房術，爲縮天山東。（卷一百九十八，頁2045）

這首詩表達了岑參的落寞和思念之切，因而會關注到自東而出的太陽和東風，甚至恨不能通過法術縮短安西與長安的距離。可見安西距離長安之偏遠，也正因爲岑參本人親自走過這段路途，涉足過安西，才能體會如此深切。

玄宗天寶九載（750）三月始，安西又進入了一個「終日見征戰，連年聞鼓鼙」（〈早發焉耆懷終南別業〉，卷二百，頁2090）的頻繁用兵時期。而這次所要平定的不僅是蔥嶺兩邊西域諸小國的反叛，更要面對的是他們背後的一個新興伊斯蘭國家——大食的挑戰。岑參也常因軍務幾次使往武威、臨洮等地，甚至到後來天寶十載（751）還因形勢變化滯留武威至六月方返回長安。期間遇到了很多頻繁往來於安西和長安之間的人們，留下了一些迎來送往的詩作，尤其以送別內容居多，如〈武威春暮聞宇文判官西使還已到晉昌〉（頁2087）、〈送韋侍御先歸京〉（頁2080）、〈臨洮客舍留別祁四〉（頁2075）。這些作品大都還是寄予鄉思、敘說友誼，但融入了當時、當地的很多景物特色，描寫也很細緻準確。當然也不乏〈武威送劉判官赴磧西行軍〉這種激

〔註48〕載於《岑嘉州詩箋注》，頁766。
〔註49〕載於《岑嘉州詩箋注》，頁766。

揚之作：

> 火山五月行人少，看君馬去疾如鳥。都護行營太白西，角聲一動胡天曉。（卷二百一，2104）

詩中的劉判官指的是劉單，他赴安西之時應是高仙芝率軍再討石國期間。快馬加鞭「疾如鳥」，可見軍情之急，後兩句更可見行軍之遠和緊張肅整的軍營氛圍。此時的軍事行動和形勢的變化開始吸引到岑參極大的關注，此後詩歌中也開始轉向對戰爭和軍伍的敘寫。這便與當時複雜多變的安西形勢極其相關，有必要作一詳細介紹和梳理：

在駱賓王一節，曾提及裴行儉以護送被大食滅國的波斯王子復國爲名率軍西征。而那位波斯王子及其後裔最終也未能回到被佔領的故地，而是留在有同一宗教信仰的吐火羅，以作爲長期復國的基地；大食多次揮軍進攻吐火羅，即企圖消滅這一勢力。但吐火羅以唐爲後盾，以突騎施部爲援助，抵擋大食來襲。屢攻不克的情況下，大食採取了離間策略，企圖挑撥和分化唐與安西突厥各部族、西域諸國的關係。玄宗天寶九載（750）年，高仙芝自安西出兵，南征朅師，西征石國；次年入朝獻俘。但此次被俘的前石國王子逃至大食，引兵欲攻安西四鎮，天寶十載（751）高仙芝又帶兵（包括葛邏祿與拔汗那等政權的軍隊）至怛羅斯城（江布爾城附近，即今哈薩克斯坦塔拉茲附近），與大食開戰；怛羅斯之戰是唐與大食正面對抗的大戰之一，和崔融所經歷的與吐蕃寅識迦河大戰一樣，也是兩方實力較量中唐朝難得敗北的著名戰爭之一，一直爲史家所關注，甚至影響力更大，被認爲是東西兩大帝國和兩大文明的最重要、最激烈的一次碰撞。但也不得不看到，實際上，怛羅斯之戰後，雙方都瞭解到了各自的驚人戰力，又結合自身國家的內部狀況，大食雖勝卻也沒有再繼續向東擴張，唐雖大敗卻也未完全放棄安西，失去影響力。可知怛羅斯之戰後，二者還維持著原有的平衡和邊界底線，只不過唐朝在蔥嶺外地域的影響力已基本上轉移給了大食。

此戰之後，王正見繼爲安西節度使，封常清爲四鎮支都營副使、行軍司馬；天寶十一載（752），王正見卒，封常清爲安西節度使；天寶十二載（753），封常清討大勃律，受降而還，並再征石國，也凱旋而歸；天寶十三載（754），三月北庭都護程千里因平突厥部阿布思之亂入朝，受封爲金吾大將軍，封常清兼爲北庭都護、伊西節度使；九月封常清又征叛將阿布思餘部，受降回軍；天寶十四載（755）春，封常清破播仙（今新疆且末鎮）；冬日安史之亂爆發後，封常清便被召回長安，募兵拒敵，十二月兵敗，封常清與高仙芝遭讒譖，這兩位對岑參出塞產生重要影響之人，竟同被斬於臨潼關，又起用出身安西的哥舒翰爲將。肅宗至德元載（756），七月潼關失守，安西分出部分兵力，入靖國難。之後又陸續發安西、北庭都護府兵，號爲行營回援，請大食、回紇、拔汗那國等西域諸國兵力相助，更有如于闐國王，這種聞訊親自將兵前來的安西支援勢力。〔註50〕

岑參第二次來到這片土地的時候，已是天寶十三載（754），充任北庭判官。岑參詩作中對軍中生活的關注，或是對戰爭的頻繁與激烈的描寫，表現出戰爭中激昂的一面，且重在凸顯唐軍將士的不畏艱辛、驍勇善戰和颯爽英姿，如：

〈輪臺歌奉送封大夫出師西征〉

輪臺城頭夜吹角，輪臺城北旄頭落。羽書昨夜過渠黎，單于已在金山西。戍樓西望煙塵黑，漢兵屯在輪臺北。上將擁旄西出征，平明吹笛大軍行。四邊伐鼓雪海湧，三軍大呼陰山動。虜塞兵氣連雲屯，戰場白骨纏草根。劍河風急雪片闊，沙口石凍馬蹄脫。亞相勤王甘苦辛，誓將報主靜邊塵。古來青史誰不見，今見功名勝古人。（卷一百九十九，頁2051）

〈獻封大夫破播仙凱歌六章〉

漢將承恩西破戎，捷書先奏未央宮。天子預開麟閣待，只今誰數貳師功。官軍西出過樓蘭，營幕傍臨月窟寒。蒲

〔註50〕相關史事概述，可參閱薛宗正：《安西與北庭——唐代西陲邊政研究》，附錄〈大事記〉，頁562～563。

海曉霜凝馬尾，蔥山夜雪撲旌竿。鳴笳疊鼓擁回軍，破國平蕃昔未聞。丈夫鵲印搖邊月，大將龍旗掣海雲。日落轅門鼓角鳴，千群面縛出蕃城。洗兵魚海雲迎陣，秣馬龍堆月照營。蕃軍遙見漢家營，滿谷連山遍哭聲。萬箭千刀一夜殺，平明流血浸空城。暮雨旌旗濕未乾，胡煙白草日光寒。昨夜將軍連曉戰，蕃軍只見馬空鞍。（卷二百一，頁 2103）

這兩首詩，一爲出征送行，一爲得勝凱歌，雖不見得是同一次征戰行旅，但都集中、著力描寫出出征的振奮與氣勢、戰場的緊張與殺氣、敵軍的弱勢和畏懼，以及戰爭的各個方面。而且此番到來，他對這裡已經不陌生，如果說，第一次赴安西的大多詩作還都停留在赴遠思鄉和感慨自然的「極端造化」的話，那麼這第二次安西之行便跳脫出來，充分融入了安西的「人事物」，尤其是戰事。而前文中提到了他的好奇，此次經歷中的詩作，岑參便把這種好奇和與安西相關的很多內容結合，讓巧思妙筆淋漓發揮。如最爲人稱道的〈走馬川行奉送封大夫出師西征〉：

君不見走馬川行雪海邊，平沙莽莽黃入天。輪臺九月風夜吼，一川碎石大如斗，隨風滿地石亂走。匈奴草黃馬正肥，金山西見煙塵飛，漢家大將西出師。將軍金甲夜不脫，半夜軍行戈相撥，風頭如刀面如割。馬毛帶雪汗氣蒸，五花連錢旋作冰，幕中草檄硯水凝。虜騎聞之應膽懾，料知短兵不敢接，車師西門佇獻捷。（卷一百九十九，頁 2052）

整首詩的場景充滿了飛沙走石，狂風呼嘯，天寒地凍，都通過許多精準奇特的細節體現出來。這樣的情況下出師，敵人猛烈的對抗本就可以想見，而極端惡劣的地理氣候環境更是一次巨大的考驗。然而，將士們卻依舊不畏艱險，將這種讓人想來就已覺「痛感」的場面，通過一個個藝術化的手法、一層層壯麗的氣氛呈現給讀者。對此，方東樹《昭昧詹言》云：「奇才奇氣，風發泉涌。平沙句奇句。」〔註 51〕若

〔註 51〕方東樹著、汪紹楹校點：《昭昧詹言》，北京：人民文學出版社，1961 年 10 月，卷十二，頁 248。

以現代拍攝手法和製作將這首詩的景象一一生動地表現出來，其程度和切換定不亞於激烈又具美感的好萊塢大片。岑參描寫的這些戰爭場面多氣勢壯大磅礴，並且將他的「好奇心」貼切地與這種激昂的精神結合起來，造出了許多奇語，上首詩例即是。同樣的，岑參的送別詩，也達到了一個極爲情景交融的新高度，如：

〈送崔子還京〉

匹馬西從天外歸，揚鞭只共鳥爭飛。送君九月交河北，雪裡題詩淚滿衣。（卷二百一，頁 2105）

〈熱海行送崔侍御還京〉

側聞陰山胡兒語，西頭熱海水如煮。海上眾鳥不敢飛，中有鯉魚長且肥。岸傍青草常不歇，空中白雪遙旋滅。蒸沙爍石然虜雲，沸浪炎波煎漢月。陰火潛燒天地爐，何事偏烘西一隅。勢吞月窟侵太白，氣連赤阪通單于。送君一醉天山郭，正見夕陽海邊落。柏臺霜威寒逼人，熱海炎氣爲之薄。（卷一百九十九，頁 2051）

〈白雪歌送武判官歸京〉

北風卷地白草折，胡天八月即飛雪。忽然一夜春風來，千樹萬樹梨花開。散入珠簾濕羅幕，狐裘不暖錦衾薄。將軍角弓不得控，都護鐵衣冷難著。瀚海闌干百丈冰，愁雲黲淡萬里凝。中軍置酒飲歸客，胡琴琵琶與羌笛。紛紛暮雪下轅門，風掣紅旗凍不翻。輪臺東門送君去，去時雪滿天山路。山回路轉不見君，雪上空留馬行處。（卷一百九十九，頁 2050）

〈天山雪歌送蕭治歸京〉

天山有雪常不開，千峰萬嶺雪崔嵬。北風夜卷赤亭口，一夜天山雪更厚。能兼漢月照銀山，復逐胡風過鐵關。交河城邊飛鳥絕，輪臺路上馬蹄滑。晻靄寒氛萬里凝，闌干陰崖千丈冰。將軍狐裘臥不暖，都護寶刀凍欲斷。正是天山雪下時，送君走馬歸京師。雪中何以贈君別，惟有青青松樹枝。（卷一百九十九，頁 2051）

這期間的送別，都是送人還朝，路線上的反方向之作，與此前送人赴安西的作品又有不同之處。岑參將離別與安西之實景結合，書寫得頗有磅礴氣魄，風雪中見奇景，也更見眞情，不似一般詩人亭臺送別的青煙漫寫，低惋流連，還迸發出了「忽如一夜春風來，千樹萬樹梨花開」（〈白雪歌送武判官歸京〉，卷一百九十九，頁 2050）這樣形象生動、奇美明朗的妙語，至今傳唱不衰。

其中，從一些如「走馬川行奉送封大夫出師西征」、「輪臺歌奉送封大夫出師西征」、「北庭西郊候封大夫受降回軍獻上」、「陪封大夫宴瀚海亭納涼」、「奉陪封大夫九日登高」等詩的題目中也可看出，岑參與安西主將封常清的關係十分親近。無論是出征還是陪宴等場合，岑參也常因事爲其「獻歌」，並爲封常清和邊疆將士歌功頌德。一方面，這可能是他以一介文士之身難得能夠得到賞識和重用的感激和價值體現，正如其詩所言「何幸一書生，忽蒙國士知」（〈北庭西郊候封大夫受降回軍獻上〉，卷一百九十八，頁 2023）；另一方面，這也可能是他開始緊密關注和融入安西形勢、行動的另一個具體表現。從現今回看岑參的第二次行程，他終於在這片土地上找到了自己的價值所在，也成就了他創新性的、或者說是適合自己奇思的詩歌發展路線和方向。

不僅如此，岑參的詩歌內容還未局限在軍事上，包括一些當地的特色人物、風物等，也都成爲他以詩歌細膩敘寫描述的對象。比如：

〈優缽羅花歌並序〉

參嘗讀佛經，聞有優缽羅花，目所未見。天寶庚申歲，參忝大理評事，攝監察御史，領伊西北庭度支副使。自公多暇，乃於府庭內，栽樹種藥，爲山鑿池，婆娑乎其間，足以寄傲。交河小吏有獻此花者，云得之於天山之南，其狀異於眾草，勢巃嵸如冠弁，嶷然上聳，生不傍引，攢花中折（一作拆），駢葉外包，異香騰風，秀色媚景，因賞而歎曰：爾不生於中土，僻在遐裔，使牡丹價重，芙蓉譽高，惜哉！夫天地無私，陰陽無偏，各遂其生，自物厥性，豈以偏地而不生乎？豈以無人而不芳乎？適此花不遭小吏，終委諸山谷，亦何異懷才之士，未會明主，擯于林藪邪！因感而爲歌，歌曰：

白山南，赤山北。其間有花人不識，綠莖碧葉好顏色。葉六瓣，花九房。夜掩朝開多異香，何不生彼中國兮生西方。移根在庭，媚我公堂。恥與眾草之爲伍，何亭亭而獨芳。何不爲人之所賞兮，深山窮谷委嚴霜。吾竊悲陽關道路長，曾不得獻于君王。（卷一百九十九，頁 2062）

《新疆風物志》謂優鉢羅花即今雪蓮，〔註 52〕是生長在偏遠的高海拔地區的一種植物，多見於今新疆、西藏一帶。岑參筆下的優鉢羅花色佳、香異，生於偏遠嚴寒，雖不得爲人所識，也不與雜草爲伍，孤潔高蹈。又以古體寫作，流暢而婉轉，頗有些楚辭風韻。再如〈趙將軍歌〉：

九月天山風似刀，城南獵馬縮寒毛。將軍縱博場場勝，賭得單于貂鼠袍。（卷二百一，頁 2106）

此詩寫的是一位征戰沙場的將軍，是出征和駐守安西的將士的一個典型代表。雖環境惡劣、戰爭殘酷，但將士早已將生死置之度外，仍始終抱有一種樂觀昂揚的姿態，甚至「苦中作樂」，以獲得敵首的戰袍爲注，將征戰視爲博彩。

安西的自然風物如之前舉例過的「火山之類」，此外還有地方人文方面的描繪，如〈輪臺即事〉：

輪臺風物異，地是古單于。三月無青草，千家盡白榆。蕃書文字別，胡俗語音殊。愁見流沙北，天西海一隅。（卷二百，頁 2090）

一開始就點出「風物異」，之後不僅對輪臺的歷史、地理環境、氣候、植被都有提及，還重點寫出了蕃族的文字和語言讓人稱奇。似此描寫安西語言與音樂的，還有「坐參殊俗語，樂雜異方聲」（〈陪封大夫宴得征字時封公兼鴻臚卿〉，卷二百，頁 2083）。「黑姓蕃王貂鼠裘，葡

〔註 52〕載於《岑嘉州詩箋注》，頁 410。

萄宮錦醉纏頭」（〈胡歌〉，卷二百一，頁 2106），句中則涉及安西蕃族的服飾裝扮及風俗習慣。岑參將自己的所見所聞都繪入詩中，爲如今對那個時代的安西歷史文化的考察研究提供了線索和「詩證」。岑參也完成了一次將自己的思想感情由鄉情、友情向豪情及尚奇的轉化，構築了一個在自然風光之上的、富有人文色彩的安西圖景。

此外，筆者從唐代詩歌中考察到，親自到過安西的還有出使三姓咽面（在今巴爾喀什湖附近）的張宣明、〔註 53〕似到過龜茲（今庫車）的梁陟、〔註 54〕一度爲安西大都護的名將郭元振、〔註 55〕任安西北庭兩大都護（也兼任過北庭節度使）的張孝嵩、〔註 56〕入安西幕府獻策的張謂、途徑安西的天竺僧人貫休、北庭陷蕃被俘的殷濟。〔註 57〕另外，一些詩人如王之渙是否到過玉門關一帶、王昌齡是否曾遠至碎葉等問題，〔註 58〕史無明載，還是一個未定之論。考察這些親赴安西的詩人，他們的詩作有如下特點：一、有明確的年代、地點的路線軌跡；二、相較於沒有到訪過安西經歷的詩人的詩作，感情更爲強烈、眞切和複雜；三、內容題材也隨詩人在安西的時間變化而逐漸趨於豐富，這既包括每個詩人留在安西經歷的橫向比較的時間長短，也包括安西書寫的詩歌發展的時代推進；四、描寫筆觸更見貼切、形象和細致，

〔註 53〕有詩〈出使三姓咽面〉爲證，《全唐詩》卷一百十三，頁 1151。三姓咽面爲西突厥別部。

〔註 54〕有詩〈龜茲聞鶯〉爲證，此詩在《全唐詩》中誤作呂敞詩，卷七百八十二，頁 8836，參《文苑英華》卷三二八，頁 1707。

〔註 55〕郭元振名震，字元振，以字顯。相關詩作有〈塞上〉、〈王昭君三首〉（卷十九，頁 212）等，皆收於《全唐詩》中。

〔註 56〕張孝嵩文人出身，主動請求赴安西考察軍情，雖未有詩作載於《全唐詩》中，但在《全唐詩補編》頁 790 中載有其作，更有臨行赴邊前好友與之送別詩集的《朝英集》爲證，可見其詩才，可惜尚未見張孝嵩有關安西書寫詩歌。

〔註 57〕以上提及詩人皆有史書確載，或有詩爲證，暫不論其考據過程。部分詩人考證可參閱海濱〈唐代親歷西域詩人詩歌考述〉，《昌吉學院學報》，2013 年第 3 期。

〔註 58〕傅璇琮曾考二人遊蹤，得此一論，見傅璇琮《唐代詩人叢考》，北京：中華書局，2003 年 5 月第 1 版，頁 142～143。

而僅憑聽聞、想象的安西書寫，則多是只流於概括和大眾普遍應用的形式。以上這些特點，若通過與本節第一部分的對比更能凸現出來。並且，這些親赴安西的詩人有的離開安西後，還去了其他邊塞地區任職，如駱賓王又赴蜀中、岑參又赴嘉州、崔融又赴東北等。這些也都在詩歌中反映出來，經由本文第五章的橫向比較，便更顯示出了與安西的差異性變化。

還有一些詩人，家族與安西就有一定的淵源。如李白的先世曾流寓安西地區，或李白生於碎葉說，還有白居易疑爲西域胡人後裔等。雖尚無定論，但這些觀點，也可嘗試性地探討到這些詩人對安西的想象是否更爲頻繁和特別：從數量上看，這些詩人雖不以邊塞詩人著稱，但他們的詩歌的確比其他詩人的創作要多一些，尤其是李白，但終未超過親臨安西的詩人所寫的詩作量；內容上也以敘事抒情爲主，並未像親臨安西詩人那樣給予細緻的描繪。如李白的〈關山月〉（卷十八，頁193）、〈獨不見〉（卷二十六，頁366）等這類作品多關注在征戍，白居易的〈西涼伎〉（卷四百二十七，頁4701）、〈縛戍人〉（卷四百二十六，頁4698）、〈胡旋女〉（卷四百二十六，頁4692）等這類作品多關注在時局的變遷。而且，從這些詩人的詩歌中可以看出，他們的心中仍然是以大唐王朝子民自居，或是以漢民族爲主的多民族共同體這樣的姿態在敘述，揚是爲漢揚，歎也是爲唐歎。究其原因，或是因這些詩人生長在中原，距離安西祖輩時代過遠，若論印象也只能依靠父輩的模糊描述，基本上也是依靠想象；或是因大唐王朝多民族性和包容兼收的氣度，早已模糊了這種界限和民族性意識，這就值得學者進一步探究。

第三節　時期多變

安西都護府，從一開始作爲一個軍事建置，是以軍事實力作爲存在基礎。從軍事實力來看，也有著自身建設的階段性變化：一、建都護府後的第二年，即貞觀十六年（642），至顯慶二年（657），爲朝廷行軍階段，征後歸朝，留守兵力較少；二、顯慶三年（658），至長壽元年（692），爲四鎮管控階段，建軍駐守，兵力不足，依靠藩部力量，翻覆不斷；三、長壽二年（693）後，常年派軍鎮守，如四鎮之下設新軍鎮，完成了由中央行軍管理治安向邊防鎮兵駐地化管理治安的轉變，相對安定平穩。〔註59〕而安西地區，也可從這種實力伸縮下，觀察出明顯的階段性變化。

這一部分是按時間來分期，剖析詩歌的內容和詩人心態，探尋安西背後、詩人背後所依託的唐王朝的命運，與地域文學時代性的發展軌跡。先須說明的是，此處的分期並不按照普遍文學史上的初唐、盛唐、中唐、晚唐作爲劃分，而是主要關注於安西之地較大的時代性變化，進行梳理和概括：

一、安西分期書寫的特色

（一）前期的安西書寫：

這一段時期大概在太宗置西伊州的貞觀四年（630）始至長壽元年（692），屬於唐王朝在安西的初創與開拓期。此時，人們對於安西的景物還比較陌生，所知不多，借用的意象大都停留在史書上，或是建立在更熟悉的莫賀延磧以東的隴右地區一帶的想象。詩中出現的地名也只有「交河」、「天山」、「玉門關」等寥寥幾個，景物也多爲泛泛而寫。直到親赴安西詩人駱賓王諸詩創作出來後，安西特有的地理名物才變得豐富起來。

因這段時期，是開拓初期，唐遣軍遠征，常是獲勝後便返朝，只留下一部分隊伍駐守；且舊制駐守輪換時間並不長，移民也還未多，所以此時的詩歌，往往是以短期征戰戍邊的思鄉哀怨之情爲主色調，懷著淒苦的心情；對安西的描繪也是灰暗慘淡的，無論體式還是語言，這種色彩的詩作最多，頗具漢風古韻，如：

〔註59〕石墨林編著：《唐安西都護府史事編年》，頁002～003。

〈塞上寄內〉　崔融

旅魂驚塞北，歸望斷河西。春風若可寄，暫爲繞蘭閨。（卷六十八，頁 768）

〈中婦織流黃〉　虞世南

寒閨織素錦，含怨斂雙蛾。綜新交縷澀，經脆斷絲多。衣香逐舉袖，釧動應鳴梭。還恐裁縫罷，無信達交河。（卷二十，頁 237）

當然，也不乏對於征服這方「新鮮」土地的禮讚與欣喜，如李世民、許敬宗的〈執契靜三邊〉（卷一，頁 3）應和之作。此時，開拓安西的制度還未完全建立起來，奔赴安西作爲一種入仕建功的捷徑還未深入人心，人們遠道而來，多是懷著最眞實的俠骨熱腸和愛國報恩之情，主角多爲唐軍整體形象出現。這樣的作品，如崔融〈西征軍行遇風〉（卷六十八，頁 764）、駱賓王〈邊城落日〉（卷七十九，頁 858）等，再如：

〈結客少年場行〉　虞世南

韓魏多奇節，倜儻遺名（集作聲）利。共矜然諾心，各負縱橫志。結友（集作交）一言重，相思（集作期）千里至。綠沈明月弦，金絡浮雲轡。吹簫入吳市，擊筑游燕肆。尋源博望侯，結客遠相求。少年重（集作懷）一顧，長驅背隴頭。焱焱霜戈（集作戈霜）動，耿耿劍虹浮。天山冬夏雪，交河南北流。雲起龍沙暗，木落雁行（集作門）秋。輕生徇知己，非是爲身謀。（卷二十四，頁 321）

而且，隨著唐不斷開拓的形勢與氣象，詩歌中唐軍的形象也不斷高大恢弘起來。如貞觀十四年（640），高昌叛唐，並不斷在西突厥唆使下進行反唐的挑釁行爲後，唐滅高昌，改置西州，於交河首創安西都護府。一首當地的歌謠便是在此之前所作：

〈高昌童謠〉　佚名

高昌兵馬如霜雪，漢家兵馬如日月。日月照霜雪。回首自消滅。〔註 60〕

〔註 60〕《舊唐書》卷一百九十八頁 5295、《新唐書》卷二百二十一頁 6222

此詩頗能表現唐在安西之地的影響力日漸強盛，以致後來安西都護府的影響力擴展到了蔥嶺以外地區。〔註 61〕但這段時期，對安西書寫的詩歌總量還是較少，只有近三十首，詩中的安西印象也頗爲陌生、模糊和概括，對於安西現實的眞實反映也很有限，但可喜的是仍有以駱賓王爲代表，親臨安西的詩人進行初步開拓。

（二）中期的安西書寫：

則天后長壽二年（693）至玄宗天寶十三載（763），是唐對安西的經營與穩固期。這段時期內，基本確立起以安西都護府龜茲爲中心，四鎮爲主，下設多個軍鎮駐守的體制。〔註 62〕至此，安西地區已有大量的、長期的駐兵和居民，軍府、屯戍等各項制度都已建立起來，並不斷探索完善，雖不時仍有叛亂，卻能在最快時間內平定，進入一個相對穩定的時期。親身接觸到安西的詩人也越來越多，如安西土生土長的將領哥舒翰、途徑安西的使臣張宣明、兩次入幕的文士岑參。從這一時期大量出現的送別詩也可爲證，如王維就有四首送別親友赴安西的詩作：

〈奉和聖制送不蒙都護兼鴻臚卿歸安西應制〉

上卿增命服，都護揚歸旆。雜虜盡朝周，諸胡皆自鄶。鳴笳瀚海曲，按節陽關外。落日下河源，寒山靜秋塞。萬方氛祲息，六合乾坤大（一作泰）。無戰是天心，天心同覆載。（卷一百二十五，頁 1235）

〈送劉司直赴安西〉

絕域陽關道，胡沙（一作煙）與塞塵。三春時有雁，萬里少行人。苜蓿隨天馬，葡萄逐漢臣。當令外國懼，不敢覓和親。（卷一百二十六，頁 1271）

皆有錄，並記（麴）文泰捕謠所發卻不能得之事。

〔註 61〕其大概領域可見譚其驤主編：《中國歷史地圖集》，北京：中國地圖出版社，1982 年 10 月第 1 版，第五冊，頁 32～33，唐時期全圖，總章二年（669 年）即咸亨元年（670）圖所示。

〔註 62〕儘管四鎮幾經置廢和變更，但以四方之勢確立起的四鎮軍勢一直延續。參閱《安西與北庭——唐代西陲邊政研究》，頁 214。

〈渭城曲〉（一作送元二使安西）

渭城朝雨浥輕塵，客舍青青（一作依依）楊柳春（柳色新）。勸君更盡一杯酒，西出陽關無故人。（卷一百二十八，頁 1306）

〈送平澹然判官〉

不識陽關路，新從定遠侯。黃雲斷春色，畫角起邊愁。瀚海經年到，交河出塞流。須令外國使，知飲月氏頭。（卷一百二十六，頁 1270）

李白、杜甫具代表性詩人的此類作品也不只一首：〈送程劉二侍郎兼獨孤判官赴安西幕府〉（李白，卷一百七十六，頁 1796）、〈送族弟綰從軍安西〉（李白，卷一百七十六，頁 1799）、〈送韋書記赴安西〉（杜甫，卷二百二十四，頁 2396）、〈送人從軍〉（杜甫，卷二百二十五，頁 2425）。即使他們並未親自到過安西，但從詩歌中可見，無論是安西的地名物產，還是路途景色，都較之前有極大的豐富。人們正是通過這樣口耳相傳、書信往來等方式，使安西的形象也逐漸熟悉、清晰、豐滿起來。

另外，安西雖基本解除了來自本土突厥部落的危機，但吐蕃、大食的擴張成爲了新的挑戰，這片文明與力量的交融地依舊是眾所關心、憂慮和評議的熱點。同時，這樣的情況下，來這裡建功立業的機會也就不斷。無論是統治者的提倡，還是民眾的自我參與，在這階段的詩作中，安西已然成爲人們，尤其是士人心中可以求取功名的捷徑。所以，對於安西，思念哀怨情愫繼續延伸之下，豪情萬丈、理想抱負、昂揚的英雄精神突起，逐漸成爲這一時期的新的主旋律和詩歌基調，第一節中這樣主題的書寫就多出自這一時期。且所書奔赴安西人員中，不僅有武將兵士，還有很多像岑參、駱賓王一樣的文人；另如劉長卿筆下投筆從戎的于羣：

〈贈別于（一作韋）羣投筆赴安西〉　劉長卿

風流一才子，經史仍滿腹。心鏡萬象生（一作全），文鋒眾人服。頃游靈臺下，頻棄荊山玉。蹭蹬空數年，裴回冀微祿。竭來投筆硯，長揖謝親族。且欲圖（一作從）變通，安能守拘束。本持鄉曲譽，肯料泥塗辱。誰謂命迍邅，還令計反（一作身翻）覆。西戎今未弭（一作殄），胡騎屯山谷。坐恃龍豹韜，全輕蜂蠆毒。拂衣從此去，擁傳一何速。元帥許提攜，他人佇瞻矚。出門寡儔侶，矧乃無僮僕。黠虜時相逢，黃沙暮愁（一作無。一作難）宿。蕭條遠回首，萬里如在目。漢境天西窮，胡（湖）山海邊綠。想聞羌笛處，淚盡關山曲。地闊鳥飛遲，風寒馬毛縮。邊愁殊浩蕩，離思空斷續。塞上（一作下）歸限賒，尊前別期促。知君志不小，一舉凌鴻鵠。且願樂從軍，功名在殊俗。（卷一百五十，頁 1552）

這樣的詩作還有許多，如錢起〈送屈突司馬充安西書記〉（卷二百三十七，頁 2634）、〈送張將軍征西（一作西征）〉（卷二百三十六，頁 2603）等，是這期間絕大部分送別詩的主題色彩。

但在詩人的開拓下，安西書寫的題材和內容，以及詩人所持的觀點角度，變得更加多元化，還關照到了不同個體的特性和情感，這些也能從上列送別詩中觀察到，詩歌總量也已達到一百餘首。

（三）後期的安西書寫：

在寶應二年（廣德元年，763）以後，至唐帝國的最終覆滅，這段時間屬於分離與淪喪期。這前後又有幾個重要的節點：天寶十四載（755），安史之亂爆發；至德元載（天寶十五載，756）安西、北庭分化爲鎮西、北庭行營與鎮西、北庭留後兩支力量；寶應二年（廣德元年，763）隴右道全境陷蕃，創置河已西副元帥；大曆二年（767）安西、北庭、河西聯防時期交通漸阻，成爲各自堅守的飛地；至元和三年（808）安西都護府陷蕃；咸通七年（866）只剩下歸義軍從吐蕃之手所得的伊、西、庭三州名義上的歸復，此後不久，唐帝國亦一同隕落。〔註 63〕

〔註 63〕可參閱薛宗正：《安西與北庭——唐代西陲邊政研究》，附錄〈大事記〉，頁 564～567。

這一階段，安史之亂後，安西乃至整個大唐都飽經離亂，人們在混戰中激憤、失落、無奈，又在安西往日榮光不在時頻頻遙思和追尋，還有盛唐之後的文學上呈現的寫實趨向，這些都反映在詩歌上，構成了安西書寫一個重要而嶄新的內容。

安史之亂爆發後，安西土地未淪陷前，因亂賊安姓而改「安西」爲「鎮西」，組建鎮西、北庭行營，由曾隨高仙芝在安西境內西征平亂而威震四方的「神通大將」李嗣業擔任節度使，發兵入關勤王。此時，或許詩人還未預料到即將出現的山河破碎、分崩離析，仍敘寫著安西將士的雄風，寄希望於安西的傳奇。杜甫〈觀安西兵過赴關中待命二首〉，就是乾元元年（758）左右，李嗣業率鎮西北庭兵與郭子儀共討安慶緒時所作：

> 四（一作西）鎮富精銳，摧鋒皆絕倫。還聞獻（一作就）士卒，足以靜風塵。老馬夜知道，蒼鷹飢（一作秋）著人。臨危經久戰，用急（一作意）始（一作使）如神。
>
> 奇兵不在眾，萬馬救中原。談笑無河北，心肝奉至尊。孤雲隨殺氣，飛鳥避轅門。竟日留歡（一作觀）樂，城池未覺喧。（卷二百二十五，頁2425）

詩中依然有著慷慨磅礴的英雄豪氣，而此後情勢愈下，即使書寫安西征戰類的詩歌，也蒙上一層悲壯蒼涼之感。寶應二年（廣德元年，763）後，雄踞西南的吐蕃大肆吞併唐西部的領土和屬國，包括安西、涼州在內的隴右道全境淪陷，詩人就難再發出這樣自信、樂觀的感慨了。取而代之的，更多的是慘痛的現實，以及隨之而來的激憤與悲傷，白居易和元稹的新樂府敘事詩就頗有代表性。

白居易〈西涼伎〉，是作於約元和四年（809）的一首詩歌：

> 西涼伎。（一本下疊西涼伎三字。）假面胡人假獅子。刻木爲頭絲作尾，金鍍眼睛銀帖齒。奮迅毛衣擺雙耳，如從流沙來萬里。紫髯深目兩（一作羌）胡兒，鼓舞跳梁前致辭。應似（一作道是）涼州未陷日，安西都護進來時。須臾云得新消息，安西路絕歸不得。泣向獅子涕雙垂，涼

> 州陷沒知不知。獅子回頭向西望，哀吼一聲觀者悲。貞元邊將愛此曲，醉坐笑看看不足。娛（一作享）賓犒士宴監（一作三）軍，獅子胡兒長在目。有一征夫年七十，見弄涼州低面泣。泣罷斂手白將軍，主憂臣辱昔所聞。自從天寶兵戈起，犬戎日夜吞西鄙。涼州陷來四十年，河隴侵將七（一作九）千里。平時安西萬里疆，今日邊防在鳳翔。（平時。開遠門外立堠云。去安西九千九百里。以示戍人不為萬里行。其實就盈數也。今蕃漢使往來。悉在隴州交易也。）緣邊空屯十萬卒，飽食溫（一作厚）衣閒過日。遺民腸斷在涼州，將卒相看無意收。天子每（一作長）思長痛惜，將軍欲說合慚羞。奈何仍看西涼（一作涼州）伎，取笑資歡無所愧。縱無智力未能收，忍取西涼弄為戲。（卷四百二十七，頁 4701）

「西涼伎」這種表演傳自安西，遠從流沙之外而來。表現了人們對「安西路絕歸不得」、「犬戎日夜吞西鄙」的悲切之情，並在題序「刺封疆之臣」中表明對邊將及統治者軟弱無能的諷刺和憤慨。像這樣托一些「胡兒」，借「思來時路」的情感，來表現對安西變化的悲傷和歎惋的，還有李端的〈胡騰兒〉（卷二百八十四，頁 3238）。其中「安西舊牧收淚看」、「故鄉路斷知不知」等，也句句道明了箇中的悲戚。

元稹〈和李校書新題樂府十二首·縛戎人〉約作於元和四年（810）前：

> 邊頭大將差健卒，入抄禽生快於鶻。但逢赬面即捉來，半是邊人半戎羯。大將論功重多級，捷書飛奏何超忽。聖朝不殺諧至仁，遠送炎方示微（一作懲）罰。萬里虛勞肉食費，連頭盡被氈裘暍。華裀重席臥腥臊，病犬愁鴣聲咽嗢。中有一人能漢語，自言家本長城（一作安）窟。少（一作小）年隨父戍安西，河渭瓜沙眼看沒。天寶未亂猶（一作前）數載，狼星四角光蓬勃。中原禍作邊防危，果有豺狼四來伐。蕃馬膘成正翹健，蕃兵肉飽爭唐突。煙塵亂起無亭燧，主帥驚跳棄旌鉞。半夜城摧鵝雁鳴，妻啼子叫曾

不歇。陰森神廟未敢依，脆薄河冰安可越。荊棘深處共潛身，前困蒺藜後黿庬。平明蕃騎四面走，古墓深林盡株榾。少壯爲俘頭被髡，老翁留居足多刖。烏鳶滿野尸狼藉，樓榭成灰牆突兀。暗水濺濺入舊池，平沙漫漫鋪明月。戎王遣將來安慰，口不敢言心咄咄。供進腋腋御叱般，豈料穹廬揀肥腯。五六十年消息絕，中間盟會又猖獗。眼穿東日望堯雲，腸斷正朝梳漢髮。（延州鎮李如暹。蓬子將軍之子也。嘗沒西蕃。及歸。自云。蕃法惟正歲一日。許唐人沒蕃者服衣冠。如暹當此日。悲不自勝。遂與蕃妻密定歸計。）近年如此思漢者，半爲老病半埋骨。常（一作向）教孫子學鄉音，猶話平時好城闕。老者儻盡少者壯，生長蕃中似蕃悖。不知祖父皆漢民，便恐爲蕃心矻矻。緣邊飽餧十萬眾，何不齊驅一時發。年年但捉兩三人，精衛銜蘆塞溟渤。（卷四百十九，頁 4619）

詩中通過一個曾長戍安西的漢民蕃俘之口，講述了安史之亂後安西的動態和辛酸遭遇，也點出了唐後期包括邊將在內的統治制度的黑暗與混亂。白居易也有寫安西之人的同題同事同旨之作。

這時期的詩作，還有一個特點，便是詩人常懷想過去安定繁榮的場景，出現了一些安西今昔對比的詩歌，如與白詩同題爲〈西涼伎〉的元稹的作品：

〈和李校書新題樂府十二首．西涼伎〉　元稹

吾聞昔日西涼州，人煙撲地桑柘稠。蒲萄酒熟恣行樂，紅豔青旗朱粉樓。樓下當壚稱卓女，樓頭伴客名莫愁。鄉人不識離別苦，更卒多爲沈滯遊。哥舒開府設高宴，八珍九醞當前頭。前頭百戲競撩亂，丸劍跳蹤霜雪浮。獅子搖光毛彩竪，胡騰（一作姬）醉舞筋骨柔。大宛來獻赤汗馬，贊普亦奉翠茸裘。一朝燕賊亂中國，河湟沒（一作忽）盡空遺丘。開遠門前萬里堠，今來蹙到行原州。去京五百而近何其逼，天子縣內半沒爲荒陬，西涼之道爾阻修。連城邊將但高會，每聽此曲能不羞。（卷四百一十九，頁 4614）

「一朝燕賊亂中國」爲界，上半部憶往昔，表現盛世光景；下半部則轉而回到眼前殘酷的現實，形成如此大的落差，頗能給人強烈的觸動。還如上引白居易〈西涼伎〉中之「平時安西萬里疆，今日邊防在鳳翔」（卷四百二十七，頁 4701），亦同此情；耿湋〈入塞曲〉（卷二百六十九，頁 2995），也以一位曾「首登平樂宴，新破大宛歸」的大將，後來外敵入侵卻不得重用，遭遇門前冷落、姬妾嘲笑的窘境，來諷刺後期的朝廷；再如唐末吳融的〈岐州安西門〉：

> 安西門外徹安西，一百年前斷鼓鼙。犬解人歌曾入唱，馬稱龍子幾來嘶。自從遼水煙塵起，更到塗山道路迷。今日登臨須下淚，行人無個草萋萋。（卷六百八十七，頁 7892）

時值距離唐退出安西已時隔久遠，察看過去今朝，收復之路已然成空，其蒼涼悲傷之感更加濃烈深沉。此後不久，唐王朝便一併覆滅了，彷彿如一曲盛世哀歌。

通過以上舉例分析，也可以看到，安西書寫的詩歌也常常與時代，尤其是當時的歷史大事件相繫相關，如上述元白的詩作，年代性特點就很強。又如《全唐詩補編》就明確記載了大曆、貞元間北庭陷蕃後，出現了地點未變，人民卻已落入蕃邦的情景，才有殷濟這樣被俘詩人的作品：

> 〈言懷〉
>
> 愁緒足悲歌，離心似網羅。二年分兩國，萬里一長河。磧外人行少，天邊雁叫多。懷鄉不得死，皆是惜天涯。（《補編》，頁 922）

轉眼之間翻天覆地的變化、離國背鄉的哀怨悲愁，都與大磧長河之景交織在一起，催人心魄。這些詩歌以詩詠懷、以詩記事，見證著歷史與文學的發展，也讓後人能夠以詩窺史、以詩證史，能夠穿越千百年去觸碰一片土地的興衰榮辱，一群人的喜怒哀愁。

二、夷夏之辨的思想對安西書寫的影響

透過對安西書寫的分期，不難發現，貫穿在詩歌中的、唐代詩人

的夷夏思想也發生著一定的變化：

前期，大唐王朝初建，可能還會多少有些中原本位的思想，如駱賓王就有「西之似化胡」句（〈久戍邊城有懷京邑〉，卷七十九，頁862）。但後來，由於統治者推行開放包容的政策，夷夏之辨被慢慢冷落下來。唐太宗曾有言：

> 王者視四海如一家，封域之內，皆朕赤子。〔註64〕

> 夷狄亦人耳，其情與中夏不殊。人主患德澤不加，不必猜忌異類。蓋德澤洽，則四夷可使如一家；猜忌多，則骨肉不免爲讎敵。〔註65〕

> 自古皆貴中華，賤夷、狄，朕獨愛之如一，故其種落皆依朕如父母。〔註66〕

這種思想的影響下，還有許多出自安西的優秀將領，如哥舒翰、白孝德、阿史那社爾等，以及其他少數民族的蕃將、人士參與到保衛建設大唐的事業中來。人們也逐漸開始將安西視爲大唐版圖重要的一部分，也把它作爲自己的人生前程或者歸宿。詩人自是大量書寫這片新鮮的領域，大量安西的地名、人名、民族、當地具體事物等意象紛紛入詩，而非之前簡單的「胡虜」、「犬戎」等慣稱鄙詞粗略指代，詩歌敘事、描述的感情色彩也相應更加親近和善。尤其是在中期則天后長壽二年（693）後，安西都護府制度更加完善，雖羈縻府州系統不同於內地，但經過境內移民、邊防充實，在人們心中，至少蔥嶺以東地區已經被視爲是四海之地，納入了天子之「家」的範圍。當然，反映在具體詩歌中時，這種思想會與每個詩人的立場觀點更爲相關。

這種情況一直延續到安史之亂爆發後，一則安史之輩皆出於少數民族，二則唐王朝開始進入動蕩，安西之地逐漸陷落，種族與文化區別、對立又變得明顯起來，詩歌中的標誌性詞彙也俯拾皆是，

〔註64〕《資治通鑒》卷一百九十二，頁6022。
〔註65〕《資治通鑒》卷一百九十七，頁6215。
〔註66〕《資治通鑒》卷一百九十八，頁6247。

夷夏之辨又開始嚴格起來。尤其是唐王朝還曾藉助回紇兵力平洛陽叛亂，反倒引狼入室，遭到劫掠，戎昱的〈苦哉行五首〉便反映了當時的慘狀：

彼鼠侵我廚，縱狸授梁肉。鼠雖爲君卻，狸食自須足。冀雪大國恥，翻是大國辱。羶腥逼綺羅，甎瓦雜珠玉。登樓非騁望，目笑是心哭。何意天樂中，至今奏胡曲。

官軍收洛陽，家住洛陽里。夫壻與兄弟，目前見傷死。呑聲不許哭，還遣衣羅綺。上馬隨匈奴，數秋黃塵裏。生爲名家女，死作塞垣鬼。鄉國無還期，天津哭流水。

登樓望天衢，目極淚盈睫。強笑無笑容，須妝舊花靨。昔年買奴僕，奴僕來碎葉。豈意未死間，自爲匈奴妾。一生忽至此，萬事痛苦業。得出塞垣飛，不如彼蜂蝶。

妾家青河邊，七葉承貂蟬。身爲最小女，偏得渾家憐。親戚不相識，幽閨十五年。有時最遠出，祗到中門前。前年狂胡來，懼死翻生全。今秋官軍至，豈意遭戈鋋。匈奴爲先鋒，長鼻黃髮拳。彎弓獵生人，百步牛羊羶。脫身落虎口，不及歸黃泉。苦哉難重陳，暗哭蒼蒼天。

可汗奉親詔，今月歸燕山。忽如亂刀劍，攪妾心腸間。出户望北荒，迢迢玉門關。生人爲死別，有去無時還。漢月割妾心，胡風凋妾顏。去去斷絕魂，叫天天不聞。（卷十九，頁 232～233）

人們對這種現象的仇恨、悲憤、失望、分立，都反映在詩歌當中。這樣的思想隨著時代發展而變化，甚至今日，在文明程度預設立場下，相似的夷夏之辨仍在思想和文學中產生著一定的互動。

第四章　唐詩安西書寫的藝術表現

藝術表現力是一首詩歌完美呈現所需的必備條件。與詩歌內容相映，唐詩安西書寫的藝術特色也值得稱道。尤其是以下幾個藝術表現方式頗爲突出：

第一節　景觀意象的呈現

從風沙雨雪的沙漠高山，到葡萄、石榴滿目的綠洲邊城；從胡騎蕃將，到市井藝人，許許多多不同尋常的景觀意象出現在詩歌中，形成了一個獨特的區域特色，從而構成了一幅繽紛多彩的圖畫。茲根據統計數據，分類例舉幾個使用最多的典型意象如下：

一、安西景觀

（一）自然景觀

1、風沙

一提到安西，人們最先想到的，莫過於大磧風沙。「磧」即指沙石戈壁，常一望無際，地勢低平，沙石滿地，杳無生跡。在安西區域內，有著銀山磧、沙陀磧、圖倫磧、俱毗羅磧、白龍堆等大大小小的沙漠戈壁。其中，最有名的，離中原最近的，也是親歷安西之人必經的，就是橫亙在瓜、沙二洲與伊、西二州間的莫賀延磧（現稱哈順戈壁）。它綿延東西，「長八百餘里，古曰沙河，上無飛鳥，下無走獸，復無水草」〔註 1〕，曾是玄奘西行路上最艱難的一段旅程。岑參就大量採「沙磧」入詩，旨在表現安西之荒寂，襯托孤獨絕望的愁緒，尤其是行經莫賀延磧時進行了集中性的描寫：

沙上見日出，沙上見日沒。（〈日沒莫賀延磧〉，卷二百一，頁 2102）

今夜不知何處宿，平沙萬里絕人煙。（〈磧中作〉，卷二百一，頁 2106）

黄沙磧裏客行迷，四望雲天直下低。（〈過磧〉，卷二百一，頁 2106）

尋河愁地盡，過磧覺天低。（〈磧西頭送李判官入京〉，卷二百，頁 2067）

沙磧人愁月，山城犬吠雲。（〈歲暮磧外寄元撝〉，卷二百，頁 2064）

其廣袤空曠可見一斑，而這樣的描述還是平靜時候的沙磧情景。如果加上西北突起、強烈的大風，沙漠便更換一番天地，如崔融〈西征軍行遇風〉中語：「北風卷塵沙，左右不相識。颯颯吹萬里，昏昏同一色。馬煩莫敢進，人急未遑食。草木春更悲，天景晝相匿」（卷六十八，頁 764）；岑參〈初過隴山途中呈宇文判官〉「十日過沙磧，終朝風不休。馬走碎石中，四蹄皆血流」（卷一百九十八，頁 2024）、「赤亭多飄風，鼓怒不可當。有時無人行，沙石亂飄揚」（〈武威送劉單判官赴安西行營便呈高開府〉，卷一百九八，頁 2032）等。而且，大風之下的沙暴足以加速流沙瞬間變化，深陷埋沒，吞噬一切，其破壞力最大甚至可以達到車飛馬翻、行人失蹤的程度。這樣狂作的風沙也是安西的艱險之一。

〔註 1〕（唐）慧立、彥悰著，孫毓棠、謝方點校：《大慈恩寺三藏法師傳》北京：中華書局，2000 年 4 月出版，頁 16。

就算作爲背景略寫，大漠風沙也是詩人最常用的安西自然意象，如「今君渡沙磧，累月斷人煙」（杜甫〈送人從軍〉，卷二百二十五，頁 2425）、「漢宮草應綠，胡庭沙正飛」（盧照鄰〈王昭君〉，卷十九，頁 210）、「晝伏宵行經大漠，雲陰月黑風沙惡」（白居易〈縛戎人〉，卷四百二十六，頁 4698），是以風沙來表現安西的自然環境的惡劣；「握雪海上餐，拂沙隴頭寢。……將軍分虎竹，戰士臥龍沙」（李白〈塞下曲六首〉，卷一百六十四，頁 1700）、「匈奴以殺戮爲耕作，古來唯見白骨黃沙田」（李白〈戰城南〉，卷一百六十二，頁 1682），是以風沙來表現戰爭環境的殘酷；「地出流沙外，天長甲子西」（高適〈送裴別將之安西〉，卷二百十四，頁 2230）、「功成惠養隨所致，飄飄（一作飖）遠自流沙至」（杜甫〈高都護驄馬行〉，卷二百十六，頁 2255），是以風沙來表現安西的天遠地偏；「坐看清流沙，所以子奉使」（杜甫〈送從弟亞赴安西判官〉，卷二百十七，頁 2273），是以風沙表現安西的戰亂與混沌未開化。而「沙場」之由來也正與安西爲主的邊塞征戰緊密相關。據筆者統計，只「沙」意象，便在二百餘首安西書寫的詩歌中出現了達近百次，可謂眾意象之首。

2、冰雪：

在唐詩的安西書寫中，安西之酷暑從「火山」和「熱海」等景象的描寫中可見一斑，而酷寒則主要通過「冰雪」來表現，且對酷寒的表現頻率和程度要遠遠高於酷暑，一則十分符合北方氣候特點，一則也正如歷來邊塞詩的傳統，重在表現「苦寒」，如：

> 映雪峰猶暗，乘冰馬屢驚。（楊師道〈隴頭水〉，卷十八，頁 181）
>
> 秋雪春仍下，朝風夜不休。（岑參〈北庭作〉，卷二百，頁 2090）
>
> 馬寒防失道，雪沒錦鞍韉。（杜甫〈送人從軍〉，卷二百二十五，頁 2425）
>
> 冷雪牽冰合，寒風擘地烈。（慧超〈冬日在吐火羅逢雪

述懷〉，《補編》頁 317）

戰馬雪中宿，探人冰上行。（張籍〈征西將〉，卷三百八十四，頁 4308）

征衣一倍裝綿厚，猶慮交河雪凍深。（陳陶〈水調詞十首〉之七，卷七百四十六，頁 8490）

這類例子也不勝枚舉，包括「霜」、「露」、「靄」等，都屬於這類表現嚴寒的意象群。尤其是書寫征戍的詩歌中，即使作爲一方背景出現，「冰天雪地」也更能讓人體會到安西環境的殘酷，烘托出此程的辛酸淒苦。雖然大多數情況如此，但也有很多「美好可愛」的描寫，如「忽如一夜春風來，千樹萬樹梨花開」（岑參〈白雪歌送武判官歸京〉，卷一百九十九，頁 2050），還如：

〈梅花落〉　盧照鄰

梅嶺花初發，天山雪未開。雪處疑花滿，花邊似雪回。因風入舞袖，雜粉向妝臺。匈奴幾萬里，春至不知來。（卷十八，頁 197）

將梅嶺的「花」與天山的「雪」相對而寫，互相映襯又對比鮮明，頗有韻味。這樣相對使用，多出在兩地並舉的情況，如「雲疑上苑葉，雪似御溝花」（〈晚度天山有懷京〉駱賓王，卷七十九，頁 854）、「忽見天山雪，還疑上苑春」（張文琮〈昭君詞〉，卷十九，頁 214）等，多用於表達遙思。

對雪意象的運用，岑參可謂首屈一指。他有兩首集中寫雪景的詩歌，〈白雪歌送武判官歸京〉（卷一百九十九，頁 2050）是爲其一，另一首即〈天山雪歌送蕭治歸京〉：

天山有雪常不開，千峰萬嶺雪崔嵬。北風夜卷赤亭口，一夜天山雪更厚。能兼漢月照銀山，複逐胡風過鐵關。交河城邊飛鳥絕，輪臺路上馬蹄滑。晻靄寒氛萬里凝，闌干陰崖千丈冰。將軍狐裘臥不暖，都護寶刀凍欲斷。正是天山雪下時，送君走馬歸京師。雪中何以贈君別，惟有青青松樹枝。（卷一百九十九，頁 2051）

詩中直接用「雪」字就達五次，再加上與「靄」、「冰」等相關意象和「凍」、「滑」等形容詞一起使用，構建出一幅「天山雪旅圖」，也基本上將安西酷寒的特點和程度概括出來：冰雪覆蓋深、時間長、面積廣，大風更加重了這些，低溫難耐，使一切人與物都難以行動。岑參書寫安西時，素愛用「雪」，很多詩中不避重複，直接用「雪」字多次，上詩只是其中一例，還有〈走馬川行奉送封大夫出師西征〉（卷一百九十九，頁 2052）、〈輪臺歌奉送封大夫出師西征〉（卷一百九十九，頁 2051）等。這也許是因爲他在安西的時間多爲冬日，也許是「雪」這個意象本身，帶給他的視覺和感官衝擊都是最爲直接、廣泛和巨大的。

另外，天山是貫穿安西東西的一條中央山脈，聳立於兩大盆地之間，高峰林立，四季冰雪覆蓋。其雪峰的高聳冷峻，都使人們對它充滿了好奇與敬畏。所以，在詩人的印象和習慣中，通常將「霜雪」與「天山」意象搭配一起使用。如：

天山冬夏雪，交河南北流。（虞世南〈結客少年場行〉，卷二十四，頁 321）

雪暗天山道，冰塞交河源。（虞世南〈出塞〉，卷三十六，頁 471）

五月天山雪，無花祇有寒。（李白〈塞下曲六首〉之一，卷一百六十四，頁 1700）

天山三丈雪，豈是遠行時。（李白〈獨不見〉，卷二十六，頁 366）

影麗天山雪，光搖朔塞風。（李嶠〈旌〉，卷五十八，頁 698）

雪中淩天山，冰上渡交河。（陶翰〈燕歌行〉，卷十九，頁 224）

四月猶自寒，天山雪濛濛。（岑參〈北庭貽宗學士道別〉，卷一百九十八，頁 2033）

而作爲安西自然景觀意象的兩大支柱，「沙」與「雪」也經常一起搭配，用於對安西圖景的基本勾勒和塑造，茲舉例如下：

終日風與雪，連天沙復山。（岑參〈寄宇文判官〉，卷二百，頁 2064）

花銷蔥嶺雪，縠盡流沙霧。（李世民〈執契靜三邊〉，卷一，頁 3）

握雪海上餐，拂沙隴頭寢。（李白〈塞下曲六首〉之二，卷一百六十四，頁 1700）

雪暗非時宿，沙深獨去愁。（張籍〈送安西將〉，卷三百八十四，頁 4319）

旌旗杳杳雁蕭蕭，春盡窮沙雪未消。（趙嘏〈送從翁中丞奉使黠戛斯六首〉，卷五百五十，頁 6373）

劍河風急雪片闊，沙口石凍馬蹄脱。（岑參〈輪臺歌奉送封大夫出師西征〉，卷一百九十九，頁 2051）

除此之外，自然景觀意象還有在第三章已提過的如「火山」這種極具特色的意象，岑參曾著重表現過，以及「交河」、「熱海」、「銀山」、「陰山」、「昆崙山」、「金微山」、「蔥嶺」等當地特有的自然地理名物，〔註 2〕旨在感慨安西地域造化的神奇。

（二）人文景觀

安西是唐版圖中距中原最遠的、情況最複雜的地區。唐人在秦漢邊防工事的基礎上，開闢了三條來往安西的主道路、多條支路及驛站，並依地形設置了很多城池烽燧。這些建置也都被詩人頻繁記入詩中，成爲流傳至今的經典意象。

1、關隘城塞：

（1）玉門關、陽關

玉門關和陽關始建於漢代，是出入安西的第一門戶和標誌，也是

〔註 2〕可參閱海濱：〈岑參對唐詩西域之路的雙重建構〉，《中華文史論叢》，2012 年第 2 期，對部分具體地點有相關介紹和史籍記載。

詩人最常作爲與安西天地遠隔、環境迥異的一個界點，舉例如下：

長風幾萬里，吹度玉門關。（李白〈關山月〉，卷十八，頁 193）

玉門關城迥且孤，黃沙萬里白草枯。（岑參〈玉門關蓋將軍歌〉，卷一百九十九，頁 2058）

玉關西望堪腸斷，況復明朝是歲除。（岑參〈玉門關寄長安李主簿〉，卷二百一，頁 2104）

出户望北荒，迢迢玉門關。（戎昱〈苦哉行五首〉，卷十九，頁 232）

魂飛沙帳北，腸斷玉關中。（趙嘏〈昔昔鹽·風月守空閨〉，卷二十七，頁 378）

路沿葱嶺去，河背玉關流。（李士元〈登單于臺〉，卷七百七十五，頁 8785）

弱水應無地，陽關已近天。（杜甫〈送人從軍〉，卷二百二十五，頁 2425）

勸君更盡一杯酒，西出陽關無故人。（王維〈送元二使安西），卷一百二十八，頁 1306〉

髮到陽關白，書今遠報君。（岑參〈歲暮磧外寄元撝〉，卷二百，頁 2064）

安西雖有路，難更出陽關。（許棠〈塞下二首〉之一，卷六百三，頁 6967）

這些都是主要表現安西之境的偏遠荒涼之例，還有的是主要表現戰事之頻繁持久的，或是渲染這種氛圍的，如：

百戰攻胡虜，三冬阻玉關。（趙嘏〈昔昔鹽·一去無還意〉，卷二十七，頁 374）

玉關一自有氛埃，年少從軍竟未回。（胡曾〈獨不見〉，卷六百四十七，頁 7417）

君不見玉關塵色暗邊庭，銅鞮雜虜寇長城。（駱賓王〈從軍中行路難二首〉之二，卷七十七，頁 833）

二年領公事，兩度過陽關。（岑參〈寄宇文判官〉，卷二百，頁 2064）

戰處黑雲霾瀚海，愁中明月度陽關。（錢起〈送張將軍征西〉，卷二百，頁 2064）

尤其是漢代班超「久在絕域，年老思土」時，發出「但願生入玉門關」的祈願後，〔註 3〕玉門關便被視為了一個生死之界，展開了對「難以生還」問題的探討。來濟的〈出玉關〉（卷三十九，頁 501）即是如此，表達出一個男兒丈夫英勇無悔的決心意志；還如「男兒今始是，敢出玉關門」（貫休〈出塞曲〉，卷十八，頁 187）、「伏波惟願裹屍還，定遠何須生入關」（李益〈塞下曲〉，卷二百八十三，頁 3224）、「半夜帳中停燭坐，唯思生入玉門關」（胡曾〈詠史詩・玉門關〉，卷六百四十七，頁 7425），這些作品都在表達安西之地不僅是自然的絕境，也是人生死的「難關」。

（2）鐵門關

鐵門關，也稱鐵關，因其險固得名，約晉代時已設，為安西腹地內「四鎮咽喉」，〔註 4〕可見它的重要性。鐵門關這一意象在安西書寫中較為常見，尤其在岑參筆下，就有以下幾例：

鐵關控天涯（一作崖），萬里何遼哉。（岑參〈使交河郡郡在火山腳其地苦熱無雨雪獻封大夫〉，卷一百九十八，頁 2044）

那知故園月，也到鐵關西。（岑參〈宿鐵關西館〉，卷二百，頁 2090）

繚繞斜呑鐵關樹，氛氳半掩交河戍。（岑參〈火山雲歌送別〉，卷一百九十九，頁 2052）

銀山磧口風似箭，鐵門關西月如練。（岑參〈銀山磧西

〔註 3〕（宋）范曄撰，唐・李賢等注：《後漢書》，北京：中華書局，1965 年 5 月版，卷四十七，頁 1583。

〔註 4〕張九齡〈敕西州都督張待賓書〉中語，見於《曲江張先生文集》，卷一二，四部叢刊縮印本，一百四十冊，頁 72。

館〉，卷一百九十九，頁 2056）

能兼漢月照銀山，復逐胡風過鐵關。（岑參〈天山雪歌送蕭治歸京〉，卷一百九十九，頁 2051）

還有專作：

〈題鐵門關樓〉　岑參

鐵關天西涯，極目少行客。關門一小吏，終日對石壁。橋跨千仞危，路盤兩崖窄。試登西樓望，一望頭欲白。（卷二百九十八，頁 2046）

其實，目前學者考證到，安西境內有兩個鐵門關。一處爲上文所舉例之鐵門關，在焉耆與龜茲道路之間，今新疆庫爾勒附近；〔註 5〕另一個則在熱海西南，〔註 6〕米國、拔汗那附近，今烏茲別克斯坦境內，〔註 7〕更爲偏遠罕至，以下例句中的鐵關意象即是後者：

玉塞已遐廓，鐵關方阻修。（張宣明〈使至三姓咽面〉，卷一百十三，頁 1151）

熱海亙鐵門，火山赫金方。（岑參〈武威送劉單判官赴安西行營便呈高開府〉，卷一百九八，頁 2032）

萬里鐵關行入貢，九重金闕爲君開。（喬知之〈羸駿篇〉，卷八十一，頁 876）

「鐵門」之名本就有著嚴正冷峻，作爲關防又賦予了征戍之意，並且是安西廣闊戈壁之上一處峽谷天險，給人更加淒寒孤寂之感。

2、道路烽驛

唐沿用了漢以來的絲路舊道，並在長安經涼州到安西龜茲的近萬

〔註 5〕可參閱嚴耕望〈唐代涼州西通安西道驛程考〉，《中央研究院歷史語言研究所集刊》43 本 3 分，民國 60 年，頁 378～379。

〔註 6〕（唐）岑參撰，廖立箋注：《岑嘉州詩箋注》，北京：中華書局，2004 年 9 月版，頁 26。

〔註 7〕可參閱海濱：〈岑參對唐詩西域之路的雙重建構〉，《中華文史論叢》，2012 年第 2 期，頁 176；薛宗正：《安西與北庭——唐代西陲邊政研究》，哈爾濱：黑龍江教育出版社，1998 年 12 月修訂版，頁 202～203。

里路上，皆置館驛。〔註 8〕《唐會要》卷七三「安西都護府」條載：「（高宗）顯慶二年十一月，……（蘇）定方悉命諸部，歸其所居。開通道路，別置館驛。」〔註 9〕證明在安西廣大的區域內也都設置了相應的驛路。〔註 10〕在軍事系統的大小鎮、城、守捉、戍、堡、烽、鋪，〔註 11〕也都多有館驛。〔註 12〕而且在安西境內的驛道，由於環境等因素，並非最短捷徑，大多靠近水源，烽、驛相近，甚至同名。

這些道路烽驛也時常出現在安西書寫的詩歌中，如：「寒驛遠如點，邊烽互相望」（岑參〈武威送劉單判官赴安西行營便呈高開府〉，卷一百九八，頁 2032）、「吾竊悲陽關道路長，曾不得獻于君王」（岑參〈優缽羅花歌〉，卷一百九十九，頁 2062）、「夫婿交河北，迢迢路幾千」（趙嘏〈昔昔鹽．恒斂千金笑〉，卷二十七，頁 376）、「君恨西蕃遠，余嗟東路長」（慧超〈逢漢使入蕃略題四韻〉，《補編》頁 317），這些作品旨在表現安西的遙遠及旅途的奔波，詩人也常以這些人文景觀來記時、記程，而不流於抽象數字，給人更加具體深刻的印象。「絕域陽關道，胡沙（一作煙）與塞塵」（王維〈送劉司直赴安西〉，卷一百二十六，頁 1271）、「火山六月應更熱，赤亭道口行人絕」（岑參〈送李副使赴磧西官軍〉，卷一百九十九，頁 2055）、「道荒宏雪嶺，險澗賊途倡」（慧超〈逢漢使入蕃略題四韻〉，《補編》頁 317）、「河流控積石，山路遠崆峒」（駱賓王〈邊城落日〉，卷七十九，頁 858）、「聞

〔註 8〕嚴耕望〈唐代涼州西通安西道驛程考〉，頁 398。

〔註 9〕（宋）王溥撰：《唐會要》，上海：上海古籍出版社，2006 年 12 月新 1 版，卷七三，頁 1567。

〔註 10〕關於道路考證，參閱陳戈〈新疆古代交通路線綜述〉，《新疆文物》，1990 年第 3 期，頁 55～92。

〔註 11〕（宋）歐陽修、宋祁撰：《新唐書》，北京：中華書局，1975 年 2 月版，卷五十，兵志記載：「唐初，兵之戍邊者，大曰軍，小曰守捉，曰城，曰鎮，而總之者曰道。」，頁 1328。

〔註 12〕參閱榮新江：〈唐代安西都護府與絲綢之路——以吐魯番出圖文書爲中心〉，《龜茲學研究》（第五輯），2012 年，頁 154～166；陳國燦〈唐西州蒲昌府防區内的鎮戍與館驛〉，《魏晉南北朝隋唐史資料》第十七輯，武漢：武漢大學出版社，2000 年出版，第 95 頁。

說輪臺路，連年見雪飛」（岑參〈發臨洮將赴北庭留別〉，卷二百，頁 2081）、「迢迢征路火山東，山上孤雲隨馬去」（岑參〈火山雲歌送別〉，卷一百九十九，頁 2052）、「交河城邊飛鳥絕，輪臺路上馬蹄滑」（岑參〈天山雪歌送蕭治歸京〉，卷一百九十九，頁 2051）、「雪暗天山道，冰塞交河源」（虞世南〈出塞〉，卷三十六，頁 471），這些作品旨在表現安西環境惡劣，途中有各種艱難險阻；而更多的則是表現安西軍情緊張、征戍頻繁相關的情況，如：

> 去年戰桑乾源，今年戰蔥河道。……烽火然不息，征戰無已時。（李白〈戰城南〉，卷一百六十二，頁 1682）
>
> 儻借長鳴隴上風，猶期一戰安西道。（李端〈瘦馬行〉，卷二百八十四，頁 3239）
>
> 玉門山嶂幾千重，山北山南總是烽。（王昌齡〈從軍行七首〉之七，卷一百四十三，頁 1443）
>
> 沙場烽火隔天山，鐵騎征西幾歲還。（錢起〈送張將軍征西〉，卷二百三十六，頁 2603）
>
> 灶火通軍壁，烽煙上戍樓。（駱賓王〈夕次蒲類津〉，卷七十九，頁 854）
>
> 烽火動沙漠，連照甘泉雲。（李白〈塞下曲六首〉，卷一百六十四，頁 1700）
>
> 關山月，營開道白前軍發。（王建〈關山月〉，卷十八，頁 194）
>
> 西極最瘡痍，連山暗烽燧。（杜甫〈送從弟亞赴安西判官〉，卷二百十七，頁 2273）
>
> 陰山烽火滅，劍水羽書稀。……驛馬從西來，雙節夾路馳。（岑參〈北庭西郊候封大夫受降回軍獻上〉，卷一百九十八，頁 2023）
>
> 沙場烽火隔天山，鐵騎征西幾歲還。（錢起〈送張將軍征西〉，卷二百三十六，頁 2603）

白日登山望烽火，黃昏飲馬傍交河。（李頎〈古從軍行〉，卷一百三十三，頁1348）

行人醉出雙門道，少婦愁看七里烽。（張謂〈送皇甫齡宰交河〉，卷一百九十七，頁2020）

塞深烽砦密，山亂犬羊多。（許棠〈塞下二首〉之二，卷六百三，頁6967）

還有大量的詩歌中如「關頭落月橫西嶺，塞下凝雲斷北荒」（崔融〈從軍行〉，卷六十八，頁765）、「野昏邊氣合，烽迥戍煙通」（駱賓王〈邊城落日〉，卷七十九，頁858），這樣有「邊」、「塞」等相關意象的詩歌，難怪後人論唐詩恆以「邊塞」最著稱，如近世徐嘉瑞、胡雲翼、賀昌群等學者對「邊塞」一類的關注和推動，將其作爲盛世唐音的最高代表。

將自然和人文景觀意象綜合應用，便可寥寥幾筆就能描繪出安西環境，如下舉例即是一個大量使用這些意象的典型：

〈送安西將〉　張籍

萬里海西路，茫茫邊草秋。計程沙塞口，望伴驛峯頭（一作樓）。雪暗非時宿，沙深獨去愁。塞（一作憶）鄉人易老，莫住近蕃州。（卷三百八十四，頁4319）

此例可謂集各種景觀意象於一詩，無論是安西的遙遠、荒涼、孤寂，都有效地體現出來。

二、安西風物

安西這片土地有它獨特的產物，包括現在我們習以爲常的許多事物，都是在漢唐時期由安西傳入中土的。而那時人們對這些特色產物都還十分新奇，將它們入詩，幾乎成爲了安西的身分代表，在不同詩歌中賦予了不同的義涵。

（一）植物：

葡萄（或蒲桃、蒲萄）、石榴、苜蓿是安西書寫詩歌中出現植物意象排行前三位的。它們都是安西所獨有，漢唐時期，絲路的開闢和繁榮，才將其傳入中土。所以，它們是很具地方特色的產物，以之入詩，反而賦予安西更多豐富新奇、和樂有趣之感，不同景觀意象所賦予的慘淡艱辛，舉例如下：

苜蓿隨天馬，葡萄逐漢臣。（王維〈送劉司直赴安西〉，卷一百二十六，頁 1271）

天馬常銜苜蓿花，胡人歲獻葡萄酒。（鮑防〈雜感〉，卷三百七，頁 3485）

手中抛下蒲萄盞，西顧忽思鄉路遠。（劉言史〈王中丞宅夜觀舞胡騰〉，卷四百六十八，頁 5323）

蒲萄酒熟恣行樂，紅豔青旗朱粉樓。（元稹〈和李校書新題樂府十二首．西涼伎〉，卷四百一十九，頁 4614）

胡地苜蓿美，輪臺征馬肥。（岑參〈北庭西郊候封大夫受降回軍獻上〉，卷一百九十八，頁 2023）

安西當地人的裝束以這些植物爲飾，也被詩人寫入詩中，頗有地域風情：

黑姓蕃王貂鼠裘，葡萄宮錦醉纏頭。（岑參〈胡歌〉，卷二百一，頁 2106）

桐布輕衫前後卷，葡萄長帶一邊垂。（李端〈胡騰兒〉，卷二百八十四，頁 3238）

更有一二專寫之作，全篇以它們爲中心，將這些意象的新奇特點描述得十分細緻，並且睹物思源，聯結安西：

〈和令狐相公謝太原李侍中寄蒲桃〉　劉禹錫

珍果出西域，移根到北方。昔年隨漢使，今日寄梁王。上相芳緘至，行臺綺席張。魚鱗含宿潤，馬乳帶殘霜。染指鉛粉膩，滿喉甘露香。醞成十日酒，味敵五雲漿。咀嚼停金盞，稱嗟響畫堂。慚非末至客，不得一枝嘗。（卷三百六十二，頁 4090）

〈感石榴二十韻〉　元稹

何年安石國，萬里貢榴花。迢遞河源道，因依漢使槎。酸辛犯蔥嶺，憔悴涉龍沙。初到摽珍木，多來比亂麻。深拋故園裡，少種貴人家。唯我荊州見，憐君胡地賒。從教當路長，兼恣入簷斜。綠葉裁煙翠，紅英動日華。新簾裙透影，疏牖燭籠紗。委作金爐焰，飄成玉砌瑕。乍驚珠綴密，終誤繡幃奢。琥珀烘梳碎，燕支懶頰塗。風翻一樹火，電轉五雲車。絳帳迎宵日，芙蕖綻早牙。淺深俱隱映，前後各分葩。宿露低蓮臉，朝光借綺霞。暗虹徒繳繞，濯錦莫周遮。俗態能嫌舊，芳姿尚可嘉。非專愛顏色，同恨阻幽遐。滿眼思鄉淚，相嗟亦自嗟。（卷四百八，頁 4539）

「白草」，這種安西常見的牧草，也常出現在詩歌中。因乾熟時呈白色得名，叢見於天山南北，且韌性很強。作爲意象入詩，單舉岑參之詩，就有以下諸例：「白草磨天涯，湖沙莽茫茫」（〈武威送劉單判官赴安西行營便（一作使）呈高開府〉，卷一百九八，頁 2032）、「玉門關城迥且孤，黃沙萬里白草枯」（〈玉門關蓋將軍歌〉，卷一百九十九，頁 2058）、「暮雨旌旗濕未幹，胡煙白草日光寒」（〈獻封大夫破播仙凱歌六首〉，卷二百一，頁 2103）、「白草通疏勒，青山過武威」（〈發臨洮將赴北庭留別〉，卷二百，頁 2081）、「煙塵不敢飛，白草空皚皚」（〈使交河郡郡在火山腳其地苦熱無雨雪獻封大夫〉，卷一百九十八，頁 2044）。其他植物，如岑參筆下所描繪的優鉢羅花（見於〈優鉢羅花歌並序〉，卷一百九十九，頁 2062），亦是一例。

（二）動物：

馬，自古就是沙場上必不可少的一種動物，只要是有關於征戰的詩中，也頻頻出現這個意象。而安西書寫詩歌中的馬之獨特，一方面，在於安西一直都是良馬基地，這裡所產駿馬被譽爲「天馬」，赫赫有名的汗血寶馬也出自此地；另一方面，駿馬意象不僅用來描述軍容，也代表著在這方土地上征戍將士的精神，是他們的寫照。杜甫〈高都護驄馬行〉就是一例：

〈高都護驄馬行(高仙芝。開元末爲安西副都護)〉　杜甫

安西都護胡青驄，聲價欻然來向東。此馬臨陣久無敵，與人一心成大功。功成惠養（赭白馬賦。願終惠養。）隨所致，飄飄（一作飆）遠自流沙至。雄姿未受伏櫪恩，猛氣猶思戰場利。腕（一作踠）促蹄高如踣鐵，交河幾蹴曾冰裂。五花（翦鬃爲辮。或三花。或五花。或云印以三花飛風之字。）散作雲滿身，萬里方看汗流血。長安壯兒不敢騎，走過掣電傾城知。青絲絡頭爲君老，何由卻出橫門道。(卷二百十六，頁 2255)

還如鄭蕡〈天驥呈材〉(卷七百八十，頁 8818)、萬楚〈驄馬〉(卷一百四十五，頁 1469) 等。散句便更多不勝數，如「天外飛霜下蔥海，火旗雲馬生光彩」(李白〈送程、劉二侍郎兼獨孤判官赴安西幕府〉，卷一百七十六，頁 1796)、「馬蹄經月窟，劍術指樓蘭」(高適〈東平留贈狄司馬〉，卷二百十一，頁 2191)、「渾驅大宛馬，繫取樓蘭王」(岑參〈武威送劉單判官赴安西行營便呈高開府〉，卷一百九八，頁 2032)「天馬從東道，皇威被遠戎」(周存〈西戎獻馬〉，卷二百八十八，頁 3288)。歌頌天馬，常代表了國家強盛的自信心和自豪感，已經形成了一個慣例性的寫法，尤其是在安西的征戰中。所以，詩人有時要跳脫出來，還要特意說明，如儲光羲〈和張太祝冬祭馬步〉(頁 1412) 中寫到「今日歌天馬，非關征大宛」。

也有表現安西之境時，通過寫馬的某一細節情景來展現，如「馬汗踏成泥，朝馳幾萬蹄」(岑參〈宿鐵關西館〉，卷二百，頁 2090)、「馬死經留卻去時，往來應盡一生期」(劉言史〈送婆羅門歸本國〉，卷四百六十八，頁 5322)，表現的是安西之遙；「馬蹄凍溜石，胡毳暖生冰」(崔湜〈大漠行〉，卷五十四，頁 661)、「馬毛帶雪汗氣蒸，五花連錢旋作冰」(岑參〈走馬川行奉送封大夫出師西征〉，卷一百九十九，頁 2052)、「地闊鳥飛遲，風寒馬毛縮」(劉長卿〈贈別于羣投筆赴安西〉，卷一百五十頁，1552)，表現的是安西之寒；「漢月垂鄉

淚，胡沙費（一作損）馬蹄」（岑參〈磧西頭送李判官入京〉，卷二百，頁 2067）、「久戍人將老，長征馬不肥」（郭元振〈塞上〉，卷六十六，頁 756），表現的是安西之苦。

到了晚期，安西地失，失落悲傷氛圍濃重，人們的希冀，變爲了對統治者、邊將軟弱無能的激憤和悲哀，也由此表現，如：

〈瘦馬行〉　李端

城傍牧馬驅未過，一馬徘徊起還臥。眼中有淚皮有瘡，骨毛焦瘦令人傷。朝朝放在兒童手，誰覺舉頭看故鄉。往時漢地相馳逐，如雨如風過平陸。豈意今朝驅不前，蚊蚋滿身泥上腹。路人識是名馬兒（一作衰。），疇昔三軍不得騎。玉勒金鞍既已遠（一作過），追奔獲獸有誰知。終身櫪上食君草，遂與駑駘一時老。儻借長鳴隴上風，猶期一戰安西道。（卷二百八十四，頁 3239）

人不言而藉馬鳴寄意，上例如此，他如「野戰格鬥死，敗馬號鳴向天悲」（李白〈戰城南〉，卷一百六十二，頁 1682），以此表現悲壯慘烈之狀。

安西書寫詩歌中，「馬」與「人」相依相伴，尤其是杜甫、岑參的詩篇。岑參之例自不必舉，杜甫的喜「馬」入詩之名，早已眾所周知，在他諸多書寫安西的詩作裡，幾乎每首詩都少不了馬的身影。

此外，歷史上，很多珍禽異獸都是產自安西，或由安西傳入，如橐駝（駱駝）、獅子、安息雀（鴕鳥）、貓鼬等。〔註 13〕但這些奇特的動物並未常出現在詩歌中，詩人則是選取了頗能體現征戍精神的「馬」，亦可驗證筆者之前所論，安西書寫的關注熱點端在其現實局勢。

〔註 13〕吐火羅曾進貢鴕鳥，見於《新唐書》卷二百二十一，頁 6252；罽賓曾進貢一種可以捕捉老鼠的貓鼬；其他物種亦多次載錄，不一一羅列。

（三）文化與器物：

1、音樂、樂器：

隋唐時期，安西地區的音樂傳入中土，盛極一時，尤其是以博採眾長的龜茲樂和康國樂爲代表。據《資治通鑑》記載：

> （太宗貞觀十四年）上得高昌樂工，以付太常，增九部樂爲十部。《唐六典》曰：凡大宴會，則設十部之伎於庭，以備華、夷。一曰宴樂伎，……；二曰清樂伎，三曰西涼伎，四曰天竺伎，五曰高麗伎，六曰龜茲伎，七曰安國伎，八曰疏勒伎，九曰高昌伎，十曰康國伎。〔註14〕

在眾多安西書寫的詩作中，這樣的接受和交融程度也都體現出來，如：

> 〈殿前曲二首〉　王昌齡
>
> 貴人妝梳殿前催，香風吹入殿後來。仗引笙歌大宛馬，白蓮花發照池臺。
>
> 胡部笙歌西殿頭，梨園弟子和涼州。新聲一段高樓月，聖主千秋樂未休。（卷一百四十八，頁1444）

可見安西胡樂在宮廷已經引領了風尚。而在邊關的詩人，更常耳聞原汁原味的胡樂，「採樂」入詩的散句，就有：「縱宴參胡樂，收兵過雪山」（貫休〈出塞曲〉，卷十八，頁187）、「胡兒起作和蕃歌，齊唱嗚嗚盡垂手。……回頭忽作異方聲，一聲回盡征人首。蕃音虜曲一難分，似說邊情向塞雲」（李益〈登夏州城觀送行人賦得六州胡兒歌〉，卷二百八十二，頁3211）、「座參殊俗語，樂雜異方聲」（岑參〈奉陪封大夫宴得征字時封公兼鴻臚卿〉，卷二百，頁2083）、「蔓草河原色，悲笳碎葉聲」（法振〈河源破賊後贈袁將軍〉，卷八百一十一，頁9141）、「琵琶起舞換新聲，總是關山舊別情」（王昌齡〈從軍行七首〉之二，卷一百四十三，頁1443）、「花門將軍善胡歌，葉河蕃王能漢語」（岑參〈與獨孤漸道別長句兼呈嚴八侍御〉，卷一百九十九，頁2053）等，多是渲染氣氛之效，體現「相異」，一方面有抗拒，一方面有新奇，

〔註14〕《資治通鑑》，卷一百九十五，頁6159。

音樂也恰是在這種過程中得到交融的。

樂器和樂人是音樂的載體，許多安西的樂器，在唐之前便由絲綢之路傳入中原，在唐代盛行，如各式琵琶、各式箜篌、羯鼓、鈸、銅角等。〔註 15〕從安西而來的樂人及其後裔也十分眾多，可以姓氏概觀之，如出於米國米姓的米嘉榮、米禾稼；出於曹國曹姓的曹保、曹善才；出於康國康姓的康崑崙、康迺；出於安國、康國安姓的安叱奴、安萬善、安轡新等。〔註 16〕這些樂器、樂人也自然作爲表現安西特色的意象被詩人寫入了詩篇。如：

〈聽安萬善吹觱篥歌〉　李頎

南山截竹爲觱篥，此樂本自龜兹出。流傳漢地曲轉奇，涼州胡人爲我吹。傍鄰聞者多嘆息，遠客思鄉皆淚垂。世人解聽不解賞，長飆風中自來往。枯桑老柏寒颼飀，九雛鳴鳳亂啾啾。龍吟虎嘯一時發，萬籟百泉相與秋。忽然更作漁陽摻，黃雲蕭條白日暗。變調如聞楊柳春，上林繁花照眼新。歲夜高堂列明燭，美酒一杯聲一曲。（卷一百三十三，頁 1354）

觱（篳）篥，本龜茲樂器，漢魏時代傳入，唐代盛行中原，其聲悲咽，有荒涼的古意，是唐代宮廷十部樂中的主要樂器，常用於管樂的領奏。〔註 17〕詩人在此詩中對音樂的描寫和賞析，達到了一定的層次，可謂是這種安西樂器的「異鄉知音」。而更多的情況，只是借樂器這一安西特產，點染烘托異域的環境氣氛，如「中軍置酒飲歸客，胡琴

〔註 15〕諸樂器具體介紹可參閱周菁葆《絲綢之路的音樂文化》，烏魯木齊：新疆人民出版社，1987 年版；趙維平〈絲綢之路上的琵琶樂器史〉，《中國音樂學（季刊）》，2003 年第 4 期；韓淑德、張之年《中國琵琶史稿》，北京：人民音樂出版社，1985 年版；周曉蓮〈唐代羯鼓研究〉，《嶺東通識教育研究學刊》第五卷，2014 年 2 月第 3 期；趙世騫〈西域打擊樂器——羯鼓〉，《民族藝術》，1993 年第 1 期等。

〔註 16〕參閱向達：《唐代長安與西域文明》，北京：商務出版社，2015 年 12 月版，頁 65。

〔註 17〕參閱梁秋麗、周菁葆：〈絲綢之路上的篳篥樂器（一～七）〉，《樂器》，2015 年第 5 期至 11 期。

琵琶與羌笛」（岑參〈白雪歌送武判官歸京〉，卷一百九十九，頁 2050）、「思君轉戰度交河，強弄胡琴不成曲」（皎然〈效古〉，卷八百二十，頁 9247）等。

2、舞蹈：

與音樂並進的舞蹈，則是別有一番面貌出現在詩歌中，不僅大多爲集中書寫，還融入了更多意涵，茲舉例如下：

〈胡旋女〉　白居易

胡旋女，胡旋女。心應弦，手應鼓。弦鼓一聲雙袖舉，回雪飄颻轉蓬舞。左旋右轉不知疲，千匝萬周無已時。人間物類無可比，奔車輪緩旋風遲。曲終再拜謝天子，天子爲之微啓齒。胡旋女，出康居，徒勞東來萬里餘。中原自有胡旋者，鬥妙爭能爾不如。天寶季年時欲變，臣妾人人學圜轉。中有太眞外祿山，二人最道能胡旋。梨花園中冊作妃，金雞障下養爲兒。祿山胡旋迷君眼，兵過黃河疑未反。貴妃胡旋惑君心，死棄馬嵬念更深。從茲地軸天維轉，五十年來制不禁。胡旋女，莫空舞，數唱此歌悟明主。（卷四百二十六，頁 4692）

胡旋舞，是從康國傳來的民間舞，舞蹈以旋轉爲主，故名胡旋舞，在長安盛行五十載。〔註 18〕此詩前一部分大讚舞蹈之絕倫、舞者技藝之精湛，後一部分卻筆鋒一轉，敘述盛世衰落的原因，頗像對亡國之音〈玉樹後庭花〉般的針砭。元稹之同題作則更爲直接尖銳，直言「寄言旋目與旋心，有國有家當共譴」（元稹〈胡旋女〉，卷四百一十九，頁 4614）。又如胡騰舞，是一種典型的粟特男性舞蹈，流行於河、涼一帶：

〈王中丞宅夜觀舞胡騰〉　劉言史

石國胡兒人見少，蹲舞尊前急如鳥。織成蕃帽虛頂尖，細氎胡衫雙袖小。手中拋下蒲萄盞，西顧忽思鄉路遠。跳

〔註 18〕參閱張鐵山、趙永紅：《中國少數民族藝術》，北京：中央民族大學出版社，1992 年版，頁 103。

身轉轂寶帶鳴，弄腳繽紛錦靴軟。四座無言皆瞪目，橫笛琵琶遍頭促。亂騰新毯雪朱毛，傍拂輕花下紅燭。酒闌舞罷絲管絕，木槿花西見殘月。（卷四百六十八，頁 5323）

〈胡騰兒〉　李端

胡騰身是涼州兒，肌膚如玉鼻如錐。桐布輕衫前後卷，葡萄長帶一邊垂。帳前跪作本音語，拾（一作拈）襟攪（一作擺）袖爲君舞。安西舊牧收淚看，洛下詞人抄曲與。揚眉動目踏花氈，紅汗交流珠帽偏。醉卻東傾又西倒，雙靴柔弱滿燈前。環行急蹴皆應節，反手叉腰如卻月。絲桐忽奏一曲終，嗚嗚畫角城頭發。胡騰兒。胡騰兒。故鄉路斷知不知。（卷二百八十四，頁 3238）

寫胡騰舞蹈之精彩，其旨卻在於借舞蹈來敘寫時局，表達哀思。這樣的藝術產物意象，還有獅子舞及「西涼伎」，如元稹〈和李校書新題樂府十二首・西涼伎〉（卷四百一十九，頁 4614），即是其例。

三、安西人物

前文曾具體介紹過兩種人物意象：出現最多的是遠道而來、長期征戍的將士，如「七十行兵仍未休」（岑參〈胡歌〉，卷二百一，頁 2106）的老將；〔註 19〕其次是相貌「肌膚如玉鼻如錐」（李端〈胡騰兒〉，卷二百八十四，頁 3238）、著裝奇特、技藝高超的藝人。〔註 20〕此外，詩歌中還出現很多安西當地的人物意象。如李益〈登夏州城觀送行人賦得六州胡兒歌〉（卷二百八十二，頁 3211）中「十歲騎羊逐沙鼠」的胡兒、陸龜蒙〈奉和襲美茶具十詠・茶甌〉（卷六百二十，頁 7140）中未曾見過詩中精美茶具的于闐君、李白〈于闐採花〉（卷二十六，頁 361）中認爲「天下美女與花，哪裡都相似」的于闐採花

〔註 19〕《岑嘉州詩箋注》，注言「此北庭老將家居關西者」，頁 785。

〔註 20〕關於胡人形象可參閱簡佩琦：〈漢地胡風——唐詩中的胡人形象探索〉，《應華學報》第十二期，2012 年 12 月，頁 187～226；劉學銚：〈西域胡風入唐詩〉，《中國邊政》，卷一百七十，2007 年 6 月，頁 1～37。

人，這些人的特點多是性情相異、見識短淺。

還有一個人物群體——蕃將，值得關注。他們從小生長在安西，忠心效力於唐王朝，爲安西乃至整個大唐的安定貢獻了全部，作出了榜樣。如此出自安西的蕃將，眞正參加過征戰的，就有何國何潘仁、高昌麴智盛、龜茲白孝德、東突厥部阿史那思摩等四十人，其中以昭武九姓的部將最爲眾多，並且出現了很多蕃將世家。〔註21〕哥舒翰便是一個典型，《全唐詩補編》云：

> 翰，突騎施哥舒部之裔，世居安西。初爲安西節度使王忠嗣衙將，擢爲大鬥軍副使。拒吐蕃有功，遷隴右節度副使，後代忠嗣知節度事。天寶末，加河西節度使，封西平郡王。祿山亂，率軍守潼關，兵敗被執，遂降，後被殺。（《補編》，頁850）

哥舒翰是一個土生土長卻戰功赫赫的安西將領，長期征戰於河西一線，曾自己作詩一首：

> 〈破陣樂〉
>
> 西戎最沐恩深，犬羊違背生心。神將驅兵出塞，橫行海畔生擒。石堡岩高萬丈，雕窠霞外千尋。一喝盡屬唐國，將知應合天心。（《補編》，頁850）

從詩中也可看出他的忠勇。無論是在安西當地，還是整個大唐，哥舒翰的聲名都十分具有影響力，所以也會出現在安西書寫的詩中，如「哥舒開府設高宴，八珍九醞當前頭」（元稹〈和李校書新題樂府十二首・西涼伎〉，卷四百一十九，頁 4614）即是其例；就連民間詩篇也可爲證：

> 天寶中，哥舒翰爲安西節度使，控地數千里，甚著威令。故西鄙人歌曰：
>
> 北斗七星高，哥舒夜帶刀。吐蕃總殺盡，更築兩重壕。（《全唐詩》後二句作「至今窺牧馬，不敢過臨洮」，《補編》，

〔註21〕參閱章羣：《唐代蕃將研究》，臺北：聯經出版事業公司，民國七十五年三月版。

頁 356）

此詩一出，頗顯大唐「四海之內皆兄弟」的氣魄和安西蕃將忠勇報國的精神。

出現在安西書寫詩歌中的這些典型意象，經過詩人的佈排和修飾，產生奇妙的化學效應，爲詩歌注入新鮮的活力和藝術魅力，甚至影響了整個詩歌意象群的擴充。岑參〈酒泉太守席上醉後作〉便是一個良好典範：

琵琶長笛曲相和，羌兒胡雛齊唱歌。渾炙犁牛烹野駝，交河美酒歸叵羅。三更醉後軍中寢，無奈秦山歸夢何。（頁 2055）

詩中短短幾句，卻最大限度地添加了各類源自安西的意象，使全詩豐富飽滿而情景融合。並且，這些典型的意象還由此形成了一個新的意境，本身就帶有著廣闊而開放、蒼涼而雄壯的色彩。

第二節　修辭技巧的運用

詩歌創作離不開各種修辭技巧的運用，安西書寫的詩歌亦然，甚至更加頻繁和翻新創奇，展現了安西獨特的魅力。玆且舉幾種最爲頻繁和典型的修辭技巧：

一、誇飾

雖說詩人講述安西「萬里」路途、「百戰」經歷並不誇張，但在詩歌中，還是運用了大量的誇張手法，並發揮到了「極限」，玆分述如下：

（一）用語「極致」

安西險遠非一般地方可及，遠遠超出了詩人的常見活動範圍，也可以說，是詩人認知所能達到的最西點。所以無論是親眼見到，還是想象聯想，詩人都會大量使用一些極致化、絕對化的詞語，來表現安西之「極」。最常見的便是「絕」，程度也最爲強烈，玆舉例如下：

良人征絕域，一去不言還。（趙嘏〈昔昔鹽・一去無還意〉，卷二十七，頁378）

絕域眇難躋，悠然信馬蹄。（高適〈送裴別將之安西〉，卷二百十四，頁2230）

絕域陽關道，胡沙與塞塵。（王維〈送劉司直赴安西〉，卷一百二十六，頁1271）

絕域地欲盡，孤城天遂窮。（岑參〈安西館中思長安〉，卷一百九十八，頁2045）

孤城天北畔，絕域海西頭。（岑參〈北庭作〉，卷二百，頁2090）

交河城邊飛鳥絕，輪臺路上馬蹄滑。（岑參〈天山雪歌送蕭治歸京〉，卷一百九十九，頁2051）

窮荒絕漠鳥不飛，萬磧千山夢猶懶。（岑參〈與獨孤漸道別長句兼呈嚴八侍御〉，卷一百九十九，頁2053）

絕漠干戈戢，車徒振原隰。（李世民〈飲馬長城窟行〉，卷一，頁3）

曾從伏波徽絕域，磧西蕃部怯金鞍。（楊巨源〈贈史開封〉，卷三百三十三，頁3728）

還有「極」、「窮」、「盡」，這樣頻率、程度稍低一些的用詞，例如：

風連西極動，月過北庭寒。（杜甫〈秦州雜詩二十首〉，卷二百二十五，頁2417）

西極最瘡痍，連山暗烽燧。（杜甫〈送從弟亞赴安西判官〉，卷二百十七，頁2273）

兵氣騰北荒，軍聲振西極。（崔融〈西征軍行遇風〉，卷六十八，頁764）

平沙際天極，但見黃雲驅。（柳宗元〈李靖滅高昌爲高昌第十一〉，卷三百五十，頁3917）

尋河愁地盡，過磧覺天低。（岑參〈磧西頭送李判官入京〉，卷二百，頁2067）

爲言地盡天還盡，行到安西更向西。（岑參〈過磧〉，卷二百一，頁 2106）

地遊窮北際，雲崖盡西陸。（許敬宗〈奉和執契靜三邊應詔〉，卷三十五，頁 462）

（二）否定性表達

除了直接否定的「無」，詩人還喜用一些「不」開頭的動詞否定形式。單是岑參詩中就出現了「不敢」、「不可」、「不休」等否定性表達，表現種種極致性的場景，〔註 22〕如「十日過沙磧，終朝風不休」（〈初過隴山途中呈宇文判官〉，卷一百九十八，頁 2024）、「火雲滿山凝未開，飛鳥千里不敢來」（〈火山雲歌送別〉，卷一百九十九，頁 2052）、「赤亭多飄風，鼓怒不可當」（〈武威送劉單判官赴安西行營便呈高開府〉，卷一百九八，頁 2032）、「秋雪春仍下，朝風夜不休」（〈北庭作〉，卷二百，頁 2090）等。其他詩人的作品，如：

山嶂連綿不可極，路遠辛勤夢顏色。（崔湜〈大漠行〉，卷五十四，頁 661）

霧鋒黯無色，霜旗凍不翻。（虞世南〈出塞〉，卷三十六，頁 471）

蕃候嚴兵鳥不飛，脱身冒死奔逃歸。（白居易〈縛戎人〉，卷四百二十六，頁 4698）

匈奴幾萬里，春至不知來（盧照鄰〈梅花落〉，卷十八，頁 197）

聞道磧西春不到，花時還憶故園無。（陳陶〈水調詞十首〉之五，卷七百四十六，頁 8490）

北風卷塵沙，左右不相識。（崔融〈西征軍行遇風〉，卷六十八，頁 764）

在一定的程度上來說，否定性會比肯定性的加深程度更有表現效果。

〔註 22〕參閱海濱〈岑參對唐詩西域之路的雙重建構〉，《中華文史論叢》，2012 年第 2 期，頁 165～397。

尤其是後接主觀意願的詞，再接動詞，更能表現人或物擬人化的心理活動，如「海上眾鳥不敢飛，中有鯉魚長且肥」（岑參〈熱海行送崔侍御還京〉，卷一百九十九，頁 2051）。

除了上述兩類突出的誇張方式外，還有一些常見的形容修飾性的誇張情況，如「馬疾過飛鳥，天窮超夕陽」（岑參〈武威送劉單判官赴安西行營便呈高開府〉，卷一百九八，頁 2032）、「馬毛帶雪汗氣蒸，五花連錢旋作冰」（岑參〈走馬川行奉送出師西征〉，卷一百九十九，頁 2052）、「弱水應無地，陽關已近天」（杜甫〈送人從軍〉，卷二百二十五，頁 2425）、「迷魂驚落雁，離恨斷飛凫」（駱賓王〈久戍邊城有懷京邑〉，卷七十九，頁 862）、「愁多人易老，斷腸君不知」（蘇頲〈山鷓鴣詞二首〉，卷七十四，頁 814）。更有和疊詞一起搭配，將上述方式都融入詩句中，如「連營去去無窮極，擁旆遙遙過絕國」（駱賓王〈從軍中行路難二首〉之二，卷七十七，頁 833），體現出安西之險遠。再舉一例多處用誇張方式的詩歌：

〈送婆羅門歸本國〉　劉言史

剎利王孫字迦攝，竹錐橫寫叱蘿葉。遙知漢地未有經，手牽白馬繞天行。龜茲磧西胡雪黑，大師凍死來不得。地盡年深始到船，海裡更行三十國。行多耳斷金環落，冉冉悠悠不停腳。馬死經留卻去時，往來應盡一生期。出漢獨行人絕處，磧西天漏雨絲絲。（卷四百六十八，頁 5322）

此詩生動地反映出，安西在人們的觀念裡，如同是一個天涯海角，甚至是一個鬼門關，極盡誇張之能事。

這些誇張化的詩句，一則最大限度地描繪出安西境況，一則將詩人的慨歎之情凸顯、直抒而出，是安西書寫中最為常用的修辭手法。並且，就算粗略概括地一筆，也足以將安西將士的英勇精神襯托出來。

二、用典

在歷史上，安西出現過許許多多的人物，也發生過許許多多的故事，成為後世的經典，並被大量運用在詩歌中。而詩人最為常用的是漢代之典。因爲漢代不僅是唐前代中最爲強盛、影響力最大的一個帝國，還首拓西域，開闢絲路，無論是軍政事務，還是傑出人物，都成爲唐人所嚮往和效仿的對象，甚至在詩歌中出現了很多將「唐」比「漢」，以「漢」稱「唐」的情況，可見漢代對於唐代的影響之大。詩人常借漢代歷史人物及其事跡以明志或自勉，並希望有機會能夠一展抱負，企及或超越他們。這樣的人物典故，有人們所熟識的李廣、衛青、霍去病、周亞夫等英雄武將，張騫、蘇武等功臣義士，以及威名遠播的班超、鄭吉，進退維谷的李陵，茲舉例如次：

班張固非擬，衛霍行可即。（崔融〈擬古〉，卷六十八，頁 764）

塞北草生蘇武泣，隴西雲起李陵悲。（胡曾〈交河塞下曲〉，卷六百四十七，頁 7418）

尋源博望侯，結客遠相求。（虞世南〈結客少年場行〉，卷二十四，頁 321）

臨海舊來聞驃騎，尋河本自有中郎。（崔融〈從軍行〉，卷六十八，頁 765）

衛青不敗由天幸，李廣無功緣數奇。（王維〈老將行〉，卷一百二十五，頁 1257）

功成畫麟閣，獨有霍嫖姚。（李白〈塞下曲六首〉，卷一百六十四，頁 1700）

其中以班超最爲「受寵」，頻頻出現在安西書寫的詩歌中。班超，東漢著名的軍事家、外交家，從小便被指爲「生燕頷虎頸，飛而食肉，此萬里侯相也」，〔註 23〕爲人亦有大志，不願在館閣從事文書，曾發出「大丈夫無它志略，猶當效傅介子、張騫立功異域，以取封侯，安能久事筆研閒乎？」〔註 24〕的感慨。於是，東漢顯宗永平十六年（73），他投筆從戎，隨奉車都尉竇固出擊北匈奴，又出使西域，屢建奇功，

〔註 23〕《後漢書》，卷四十七，頁 1571。
〔註 24〕《後漢書》，卷四十七，頁 1571。

平定了鄯善、于闐、疏勒。肅宗建初五年（80），班超上〈請兵平定西域疏〉，〔註 25〕全面地分析了西域各國的形勢和處境，提出了「以夷制夷」的策略。穆宗永元六年（94）七月，身爲西域都護的班超，率軍先後大破康居、莎車、大月氏、焉耆、尉犁等軍隊，西域降服納質者五十餘國，〔註 26〕爲西域的平定和回歸作出了極大貢獻，被封爲定遠侯。班超一生，幾乎大部分時光都生活在西域，奔忙於各邦之間。永元十二年（100），班超因年邁思鄉，上書請求回朝，發出了「臣不敢望到酒泉郡，但願生入玉門關」的祈求。〔註 27〕永元十四年（102），在西域生活了三十餘年的班超抵達洛陽，不久後便病逝。關於他的故事，成了後世詩人不斷歌詠的對象和引用的經典，尤其是從「西域」順承下來的「安西」，如：

伏波惟願裹屍還，定遠何須生入關。（李益〈塞下曲〉，卷二百八十三，頁 3224）

不識陽關路，新從定遠侯。（王維〈送平澹然判官〉，卷一百二十六，頁 1270）

懷鉛慙後進，投筆願前驅。（駱賓王〈久戍邊城有懷京邑〉，卷七十九，頁 862）

龍庭但苦戰，燕頷會封侯。（駱賓王〈夕次蒲類津〉，卷七十九，頁 854）

昔聞班家子，筆硯忽然投。（張宣明〈使至三姓咽面〉，卷一百十三，頁 1151）

自逐定遠侯，亦著短後衣。（岑參〈北庭西郊候封大夫受降回軍獻上〉，卷一百九十八，頁 2023）

西戎不敢過天山，定遠功成白馬閑。（胡曾〈詠史詩·玉門關〉，卷六百四十七，頁 7425）

〔註 25〕《後漢書》，卷四十七，頁 1575。

〔註 26〕《後漢書》，卷四，頁 179。

〔註 27〕《後漢書》，卷四十七，頁 1583。

龍泉恩已著（署），燕頷相終成。（張說〈送趙順直郎中赴安西副大都督〉，卷八十八，頁972）

竭來投筆硯，長揖謝親族。（劉長卿〈贈別于羣投筆赴安西〉，卷一百五十頁，1552）

封侯應不遠，燕頷豈徒然。（岑參〈送張都尉東歸〉，卷二百，頁2075）

丈夫三十未富貴，安能終日守筆硯。（岑參〈銀山磧西館〉，卷一百九十九，頁2056）

班超是眾多典故中，最爲輝煌、最爲傳奇的一個，也自然是被書寫安西的詩人引用最多的一個，以此來讚頌和激揚這種英雄精神，也表現出詩人對功業彰顯的希冀。尤其是在大唐那個的時代，安西那方地域，從軍尚武成爲一時之風潮。同樣建功於西域的漢代將領，被傳爲經典，用於唐詩的，還有傅介子、耿恭、竇憲、范羌，茲依序簡介引證如次：

西漢武帝時初通西域，使者相望於道，樓蘭、姑師苦於供須，劫殺漢使王恢等，又數爲匈奴耳目。元鳳四年（前77），武帝乃遣兵數萬擊姑師，遣傅介子斬樓蘭王安歸，另立尉屠耆爲王，更名爲鄯善。〔註28〕其典故被多次引入安西書寫的詩歌：

自然來月窟，何用刺樓蘭。（張九齡〈送趙都護赴安西〉，卷四十九，頁600）

願將腰下劍，直爲斬樓蘭。（李白〈塞下曲六首〉，卷一百六十四，頁1700）

馬蹄經月窟，劍術指樓蘭。（高適〈東平留贈狄司馬〉，卷二百十一，頁2191）

渾驅大宛馬，繫取樓蘭王。（岑參〈武威送劉單判官赴安西行營便呈高開府〉，卷一百九八，頁2032）

〔註28〕（漢）班固撰：《漢書》，北京：中華書局，1962年6月版，卷九十六，頁3878。

前年斬樓蘭，去歲平月支。（岑參〈北庭西郊候封大夫受降回軍獻上〉，卷一百九十八，頁 2023）

官軍西出過樓蘭，營幕傍臨月窟寒。（岑參〈獻封大夫破播仙凱歌六首〉，卷二百一，頁 2103）

分明會得將軍意，不斬樓蘭不擬迴。（曹唐〈送康祭酒赴輪臺〉，卷六百四十，頁 7343）

黃沙百戰穿金甲，不破樓蘭終不還。（王昌齡〈從軍行七首〉之四，卷一百四十三，頁 1443）

明敕星馳封寶劍，辭君一夜取樓蘭。（王昌齡〈從軍行七首〉之六，卷一百四十三，頁 1443）

東漢顯宗永平十七年（74），耿恭任西域境內的戊己校尉後，曾率殘眾多次在缺兵、饑渴的絕境中，依舊竭力求生、抗拒匈奴，長期堅守西域城池。最著名的一則便是「耿恭拜井」，記述的是耿恭帶兵困守疏勒城，水源被匈奴軍阻斷，耿恭令人在城中穿井十五丈不得水，耿恭仰歎「聞昔貳師將軍拔佩刀刺山，飛泉湧出。今漢德神明，豈有窮哉。」便正衣向井再拜，爲吏士禱。很快便有水泉奔湧而出，揚水展示給敵軍後，敵軍便撤退了。耿恭率部最後一次西域拒敵，是在永平十八年（75），當時他們飢饉至極，卻依然長期死守城池，就連援軍也以爲他們已經犧牲，幸虧之前派往敦煌領兵士寒服的部將范羌，堅持引援軍接應，耿恭及餘部才得以返朝。〔註 29〕這些都被引入了詩歌中：

誓令疏勒出飛泉，不似潁川空使酒。（王維〈老將行〉，卷一百二十五，頁 1257）

拜井開疏勒，鳴桴動密須。（駱賓王〈久戍邊城有懷京邑〉，卷七十九，頁 862）

丁零蘇武別，疏勒范羌歸。（李端〈雨雪曲〉，卷十八，頁 199）

〔註 29〕參閱《後漢書》，卷十九，頁 720～723。

東漢穆宗永元元年（89），竇憲領兵大敗北匈奴，出塞三千餘里追擊，竇憲登燕然山（今外蒙古杭愛山），刻石勒功而還。〔註 30〕而後兩次出擊，皆出西域，大破北匈奴。以此典入詩的有：

勒功思比憲，決略暗欺陳。（駱賓王〈詠懷古意上裴侍郎〉，卷七十七，頁 832）

揚麾氛霧靜，紀石功名立。（李世民〈飲馬長城窟行〉，卷一，頁 3）

似此以當地眞實發生過的歷史人物和事跡來敘述，無疑是安西書寫中用典的一大特點。寥寥數語，對創作者和讀者而言，往往更有歷史的厚重感，更能表達出詩歌的意境和主題，並爲它塗上一層莊嚴與壯麗。

除了愛國將領之外，還有一些和親公主的典故，〔註 31〕在安西書寫的詩歌中被引用，甚至翻案，最著名的當然要推王昭君〔註 32〕：

〈王昭君〉　盧照鄰

合殿恩中絕，交河使漸稀。肝腸辭玉輦，形影向金微。漢宮草應綠，胡庭沙正飛。願逐三秋雁，年年一度歸。（卷十九，頁 210）

〈昭君詞〉　張文琮

戎途飛萬里，回首望三秦。忽見天山雪，還疑上苑春。玉痕垂淚粉，羅袂拂胡塵。爲得胡中曲，還悲遠嫁人。（卷十九，頁 214）

還有幾處關於和親公主典故的詩句：「明妃一朝西入胡，胡中美女多羞死」（李白〈于闐採花〉，卷二十六，頁 361）、「不見天邊青作塚，

〔註 30〕參閱《後漢書》，卷二十三，頁 814～818。

〔註 31〕唐代和親公主多達二十位，具體事跡可參閱王雙環、周佳榮：〈論唐代的和親公主〉，《唐代論叢》，2006 年版；范香立：《唐代和親研究》，合肥：安徽大學博士論文，2015 年。

〔註 32〕關於王昭君的詩作眾多，但因尚無定論昭君出塞後的確切生活地是否在唐代的安西地域，因此未能將全部有關詩作列入，只將詩中有提及安西地理名物者選入。

古來愁殺漢昭君。」（李益〈登夏州城觀送行人賦得六州胡兒歌〉，卷二百八十二，頁 3211）、「近見行人畏白龍，遙聞公主愁黃鶴」（崔湜〈大漠行〉，卷五十四，頁 661）、「行人刁斗風沙暗，公主琵琶幽怨多」（李頎〈古從軍行〉，卷一百三十三，頁 1348）、「曲罷卿卿理騶馭，細君相望意何如」（權德輿〈朝回閱樂寄絕句〉，卷三百二十九，頁 3681）等，都是寫不得已遠嫁之悲愁。

另有一些其他類型的典故，取用漢以前的有：「星飛龐統驥，箭發魯連書」（錢起〈送屈突司馬充安西書記〉，卷二百三十七，頁 2634），運用了戰國時期魯仲連以膽識韜略，助齊國收復失地之事；〔註 33〕「願得燕弓射天將，恥令越甲鳴吳軍」（王維〈老將行〉，卷一百二十五，頁 1257）中，運用了雍門子狄因越甲鳴君而自刎退敵之事；〔註 34〕「遙憑長房術，爲縮天山東。」（岑參〈安西館中思長安〉，卷一百九十八，頁 2045），引用了漢代方士費長房有縮地之術的典故，〔註 35〕表現安西之遙；另有一些「馬」意象，也借用漢代武帝得西域天馬的典故。取用唐代當世典故的有：「莫遣只輪歸海窟，仍留一箭射天山」（李益〈塞下曲〉，卷二百八十三，頁 3224）、「將軍三箭定天山，戰士長歌入漢關」（佚名〈薛將軍歌〉，卷八百七十四，頁 9895），都是引用薛仁貴「三箭定天山」〔註 36〕之典，率藉表現漢、唐中原王朝之威望。

〔註 33〕參閱（漢）劉向集錄：《戰國策》，上海：上海古籍出版社，1985 年 6 月版，卷二十，頁 703～705。

〔註 34〕參閱（漢）劉向撰，向宗魯校證：《說苑校證》，北京：中華書局，1987 年 7 月版，卷四，頁 86。

〔註 35〕《後漢書》，卷八十二下，頁 2743。

〔註 36〕《新唐書・薛仁貴傳》「詔副鄭仁泰爲鐵勒道行軍總管……時九姓眾十餘萬，令驍騎數十來挑戰，仁貴發三矢、輒殺三人，於是虜氣懾，皆降……軍中歌曰：『將軍三箭定天山，壯士長歌入漢關。』九姓遂衰。」見於《新唐書》卷一百一十一，頁 4141。

三、譬喻、比擬

（一）譬喻

對安西的自然環境描述時，詩歌中的譬喻十分貼切，富有表現力，如「銀山磧口風似箭，鐵門關西月如練」（岑參〈銀山磧西館〉，卷一百九十九，頁 2056），一語便道出安西風速之快和「殺傷性」大的特點；「九月天山風似刀，城南獵馬縮寒毛」（岑參〈趙將軍歌〉，卷二百一，頁 2106），此喻也說盡了安西風之寒、風之烈。與之而來的感受，也通過譬喻加以描述，如「玉關遙隔萬里道，金刀不翦雙淚泉」（王建〈秋夜曲二首〉，卷二十六，頁 367）、「匹馬塞垣老，一身如鳥孤」（韋莊〈平陵老將〉，卷七百，頁 8043）、「十年只一命，萬里如飄蓬」（岑參〈北庭貽宗學士道別〉，卷一百九十八，頁 2033）等，將遠赴安西的孤寂漂泊之感生動喻寫。

但更多精妙的譬喻則來自於對戰爭、軍務局勢的描寫，如：

> 火山五月行人少，看君馬去疾如鳥。（岑參〈武威送劉判官赴磧西行軍〉，卷一百九八，頁 2032）
>
> 一朝攜劍起，上馬即如飛。（李商隱〈少將〉，卷五百三十九，頁 6162）
>
> 駿馬似風飆，鳴鞭出渭橋。（李白〈塞下曲六首〉之二，卷一百六十四，頁 1700）
>
> 勢疑天鼓動，殷似地雷驚。（敦煌人〈白龍堆詠〉，《補編》，頁 79）
>
> 漢兵奮迅如霹靂，虜騎崩騰畏蒺藜。（王維〈老將行〉，卷一百二十五，頁 1257）
>
> 斷磧簇煙山似米（一作火），野營軒地鼓如雷。（曹唐〈送康祭酒赴輪臺〉，卷六百四十，頁 7343）
>
> 夫子佐戎幕，其鋒利如霜。（岑參〈武威送劉單判官赴安西行營便（一作使）呈高開府〉，卷一百九八，頁 2032）

萬方氛祲息，六合乾坤大（一作泰）。（王維〈奉和聖制送不蒙都護兼鴻臚卿歸安西應制〉，卷一百二十五，頁1235）

橫行負勇氣，一戰淨妖氛。（李白〈塞下曲六首〉之六，卷一百六十四，頁1700）

後兩例中的「氛祲」、「妖氛」原指的是不祥的雲氣，在這裡都喻指戰亂。以上詩例都表現出軍情的緊急，也凸顯出唐軍將士的英勇無畏、銳不可當。

也有一些對安西當地人物、產物的比喻描寫，如李白〈于闐採花〉（卷二十六，頁361）中，便將安西與中原之美女寫作花朵，來相比較；李端〈胡騰兒〉（卷二百八十四，頁 3238）中，「胡騰身是涼州兒，肌膚如玉鼻如錐。……環行急蹴皆應節，反手叉腰如卻月」，描述出了獨特的人物形象和動作。

（二）比擬

與譬喻相似的表達方式還有比擬，大多是將物比作人的描述，不僅將物賦予人的行為動作，還賦予其人一樣的感受情緒，極為生動，如：

何事陰陽工，不遣雨雪來。……煙塵不敢飛，白草空皚皚。（岑參〈使交河郡郡在火山腳其地苦熱無雨雪獻封大夫〉，卷一百九十八，頁2044）

灶火通軍壁，烽煙上戍樓。（駱賓王〈夕次蒲類津（一作晚泊蒲類）〉，卷七十九，頁854）

此時秋月可憐明，此時秋風別有情。（劉希夷〈擣衣篇〉，卷八二，頁885）

苜蓿隨天馬，葡萄逐漢臣。（王維〈送劉司直赴安西〉，卷一百二十六，頁1271）

黃雲斷春色，畫角起邊愁。（王維〈送平澹然判官〉，卷一百二十六，頁1270）

風催寒棕響，月入霜閨悲。（李白〈獨不見〉，卷二十六，頁 366）

邊月隨弓影，胡霜拂劍花。（李白〈塞下曲六首〉之五，卷一百六十四，頁 1700）

當然，譬喻、比擬也常與誇張結合在一起運用，如「繡衣貂裘明積雪，飛書走檄如飄風」（李白〈送程、劉二侍郎兼獨孤判官赴安西幕府〉，卷一百七十六，頁 1796），最大限度地表現了才思筆鋒之快；「輪臺九月風夜吼，一川碎石大如斗，隨風滿地石亂走」（岑參〈走馬川行奉送出師西征〉，卷一百九十九，頁 2052），生動形象地表現了安西飛沙走石、地動山搖之狀。

詩歌中運用的這些譬喻和比擬，多是書寫安西惡劣的自然情況和緊張的局勢。這樣生動形象的描述，對於安西環境的展現和感情的烘托，起到了極大的作用。

四、象徵

安西書寫中的象徵都較爲顯露，卻又頗有深意，如：

旌　李嶠

告善康莊側，求賢市肆中。擁麾分彩雉，持節曳丹虹。影麗天山雪，光搖朔塞風。方知美周政，抗旆賦車攻。（卷五十九，頁 708）

讀過李嶠詩，便可知李嶠善寫物，〈風〉（頁 700）、〈刀〉（頁 707）、〈墨〉（頁 707）等詠物詩都爲五言，多爲律詩，十分精悍，標題也都以一字點明。但有時全詩又不明提「主角」一字，而是採以小見大的寫法，尤其喜愛寫邊塞相關題材。這首詩也如此，標題爲旌，即爲軍旗，寫它雄壯光彩，實際上象徵的卻是那些戰戍在安西邊塞的將士們和他們英勇報國的信念，以及彰顯大唐美政德化和開放、開拓的時代精神。再如描寫中原與安西兩地鄉思時，卻說：「憶與君別年，種桃齊蛾眉。桃今百餘尺，花落成枯枝」（李白〈獨不見〉，卷二十六，頁 366），詩中所提當年所種之桃，象徵著苦苦等待男子歸來的女子及其青春年華；「北堂萱草不寄來，東園桃李長相憶」（崔湜〈大漠行〉，卷五十四，頁 661），詩中的「萱草」、「桃」、「李」這些意象，都本身自有典故，在敘述中也可感受到，它們都象徵著人物的縷縷思念和款款情誼。

除了以上這些最主要的修辭方式之外，詩歌中還可見回環、互文、設問、反語、借代等手法，並且多有相互結合的運用。如此多樣的敘寫，才使得安西書寫能夠更加豐富多彩，生動新奇。

第三節　詩篇風格的表現

初唐時期，「就情思格調說，北朝文學的清剛勁健之氣與南朝文學的清新明媚相融合，走向既有風骨又開朗明麗的境界」，〔註 37〕所以，在承前啓後、南北融合的基礎上，影響此後的詩歌風格變得更為綜合和多樣，安西書寫的詩歌亦是如此，大致可歸納為以下三個主要類型：

一、朗健雄放

南朝詩歌的風格，是唐詩風格的基礎，但唐詩卻在初期，就在題材、格局和風格上，跳脫出其「宮廷」局限，走向市井民間，走向草原大漠。這離不開來自北方粗獷詩風的影響，尤其是西北「胡風」的帶入。在陳子昂和「初唐四傑」等一代人的推動下，唐代的邊塞詩脫穎而出，甚至帶動了整個詩歌風格的革新。無論從數量、質量上來論，還是從詩歌本身演進上來看，安西書寫的詩歌都是其中最重要的一部分。

由此形成的朗健雄放風格的詩歌，佔據了安西書寫的最大部分，多出在即將奔赴安西，或是在安西的征戍敘寫的詩歌中，但並不限於此。有時即使全篇都沉浸在寂寞蕭索的離愁別緒中，提及安西種種，

〔註 37〕袁行霈主編：《中國文學史》，北京：高等教育出版社，2005 年 7 月第二版，第二卷第四編，頁 175。

語句也忽然變得壯闊豪放起來。論及這種風格的形成及佔據主流的原因，可從以下幾個方面來考察：

（一）擅用歌行體

對安西書寫的詩歌中，常有用樂府民歌之作，多五、七言的歌行體。這樣的形式本就起源於民間歌謠，常表現得貼近現實，飽含感情，通俗直露，一氣呵成。尤其是大量的征戍題材的詩歌，經過文人妙筆的整理推進，就變得更加慷慨豪情，行雲流水，猶如詩中「長風烈日」一般雄偉，自然又為詩歌增添了感染力。

但是，唐代詩人也不乏在古體形式基礎上的變化創新，例如詩歌中句與句的換韻。岑參就是這樣一位「出奇」的藝術大師，他的很多詩作形式接近古詩，甚至一些中、長詩可以看到樂府的輪廓，但完全不用古題、不拘用韻格式。他的〈走馬川行奉送封大夫出師西征〉（卷一百九十九，頁2052）一詩，清代陳僅《竹林答問》便討論道：「每句用韻，三句一換韻，如岑參〈走馬川行〉，豈其創格，抑有所本邪？答：此體及兩句一換韻詩，昔人謂此促句換韻體，實本於《毛詩九罭》篇兩句一換之格。」〔註38〕沈德潛《說詩晬語》：「三句一轉，秦皇〈嶧山碑〉文體也，……岑嘉州〈走馬川行〉亦用之。而三句一轉中，又句句用韻，與〈嶧山碑〉又別。」〔註39〕岑參另一首詩〈輪臺歌奉送封大夫出師西征〉（卷一百九十九，頁2051），清代王夫之《唐詩評選》中提到：「雲間唐陳彝稱此詩韻凡八轉，如赤驥過九折坂，履險若平，足不一蹶。可謂知言」〔註40〕。甚至岑參還有兩句一換韻的作品，難怪還會被人稱為「調奇」。〔註41〕再如「元白」的新樂府，〈胡旋女〉、〈西涼伎〉〔註42〕等，紛紛摒棄樂府舊題，另立新題，直擊現實，提

〔註38〕《岑嘉州詩箋注》，頁334。

〔註39〕《岑嘉州詩箋注》，頁334。

〔註40〕《岑嘉州詩箋注》，頁334。

〔註41〕《中國文學史》中稱岑參作品有意奇、語奇、調奇之美。見袁行霈主編《中國文學史》，第二卷，頁213。

〔註42〕元白二人皆有此題作，白居易〈胡旋女〉卷四百二十六，頁4692；

倡「美刺」，使詩歌更富諷刺意味，辛酸而悲壯。這樣的創新與變換，讓本就貫穿著慷慨之氣的樂府形式，增添了更多跌宕和雄奇。

（二）胡風的融入

唐詩「胡氣」的異質文化韻味，概括起來，主要來自於兩個因素：一是本就廣袤壯闊的異域景觀。無論是印象，還是由此產生的情懷，初見之時便已爲詩歌定下了基調，俯拾皆是的「長風大漠」、「雨雪狂作」類意象更是添加了粗豪之氣，這方面自不必多言；二是來自於少數民族文化的熏染。安西是多個民族、多個文明的交匯地帶，有著悠久草原文明的深植，也有著原初商業文明的浸染；有著襖教等本土信仰的堅守，也有佛教文化、伊斯蘭教文化的衝擊。而這些融合，常是十分激烈的碰撞，顯得原始而野蠻，不符合唐人習以爲常的文化習俗。並且，這些文化對於唐人來說，表現出來的，多是粗獷野性、神秘新奇的。

胡樂的傳入便是一個很好的例證。從古流傳而來，詩樂一體，唐詩是當時的主流文學形式，廣泛流行於館閣樓臺、市井民間，無論是作爲激揚言志之載體，還是爲了娛樂怡情之功用，都與音樂有著緊密的聯繫。而伴詩之樂也對詩歌的啓發和創作，以及審美情趣，產生著潛移默化的作用。在漢張騫出使西域後，就帶回了胡地流行的「胡角橫吹」和「摩訶兜勒」成套的樂舞詩詞，對中土文藝產生了極大影響。李延年還因此更造新聲《二十八解》，包括〈黃鵠〉、〈隴頭〉、〈出塞〉、〈入塞〉、〈折楊柳〉、〈望行人〉等，以及一些衍生曲。〔註43〕

唐代以來，正如元稹在〈法曲〉（頁4616）一詩的描述，胡漢融合更爲廣泛，胡樂盛行，尤其是加入了由安西而來的胡樂因素。例如，就樂器演奏、伴奏而言，它們的加入，給了詩人及詩歌創作新的面貌；

元稹〈胡旋女〉卷四百十九，頁4614；白居易〈西涼伎〉卷四百二十七，頁4701；元稹〈西涼伎〉卷四百十九，頁4614。

〔註43〕參閱黎羌：〈唐五代詞中的胡風與絲綢之路民族詩歌的交流〉，《民族文學研究》，2009年第2期，頁156～162。

不僅給予了更多靈感，還擴大了本就「外向型」的樂曲、詩歌有了更恢弘的格局和氣場，也讓詩人起筆之際不會流於「雕小蟲」。在意象一節中，筆者曾作過一些介紹，箜篌、篳篥等大量安西胡部樂器進入唐樂範疇，甚至還促生了一些與它相關的音樂詩歌。〔註 44〕

（三）自信與探索

如果說，上兩種原因是從文學本身發展的客觀角度來論述，那麼這部分介紹的便是主觀性原因。也就是國家和民族自信心、開放性、包容度，以及唐代詩人在文藝領域善於探索、嘗試。

無論是內容，還是詞彙的選用、韻律的轉換，唐代書寫安西的詩歌出現了很多鏗鏘有力、擲地有聲的語句。尤其結尾部分，通常是以一種振臂高呼、慷慨宣告的姿態呈現，舉例如下：

會須麟閣留蹤跡，不斬天驕莫議歸。（陳陶〈水調詞十首〉之十，卷七百四十六，頁 8490）

定擁節麾從此去，安西大破犬戎羣。（李頻〈贈長城庾將軍〉，卷五百八十七，頁 6810）

分明會得將軍意，不斬樓蘭不擬迴。（曹唐〈送康祭酒赴輪臺〉，卷六百四十，頁 7343）

會取安西將報國，凌煙閣上大（一作早）書名。（張籍〈贈趙將軍〉，卷三百八十五，頁 4337）

儻借長鳴隴上風，猶期一戰安西道。（李端〈瘦馬行〉，卷二百八十四，頁 3239）

功名只向馬上取，眞是英雄一丈夫。（岑參〈送李副使赴磧西官軍〉，卷一百九十九，頁 2055）

離魂莫惆悵，看取寶刀雄。（高適〈送李侍御赴安西〉，卷二百十四，頁 2230）

〔註 44〕有關音樂詩歌介紹，可參閱劉月珠：《唐人音樂詩研究》，臺北：秀威資訊科技股份有限公司，2007 年 05 月版；王春明：《唐代涉樂詩研究》，長春：吉林大學博士論文，2013 年。

以上所舉詩句，顯然都是慷慨激奮，直抒胸臆，躊躇滿志，豪情滿懷。

唐人錘煉字句的功夫深厚，對於詞彙的運用，比起前人也是更爲準確和精妙。疊詞的使用就可算是其中一個方面，在詩歌中謄出安西之景時，不但增強韻律感，還能起烘托和強調作用，更顯雄渾壯闊，如：

凜凜邊風急，蕭蕭征馬煩。（虞世南〈出塞〉，卷三十六，頁 471）

連營去去無窮極，擁旆遙遙過絕國。（駱賓王〈從軍中行路難二首〉之二，卷七十七，頁 833）

颯颯吹萬里，昏昏同一色。（崔融〈西征軍行遇風〉，卷六十八，頁 764）

漠漠邊塵飛眾鳥，昏昏朔氣聚群羊。（崔融〈從軍行〉，卷六十八，頁 765）

旌旆悠悠靜瀚源，鼙鼓喧喧動盧穀。（崔湜〈大漠行〉，卷五十四，頁 661）

暗水濺濺入舊池，平沙漫漫鋪明月。（元稹〈縛戎人〉，卷四百二十六，頁 4698）

去去山川勞日夜，遙遙關塞斷煙霞。（喬知之〈羸駿篇〉，卷八十一，頁 876）

大部分的安西書寫詩歌，也都基本符合唐代邊塞詩中「韻」的分布，以「東」、「江」、「先」、「陽」等「洪亮級」的韻腳居多，從而能使詩歌感情的表達更爲慷慨激昂。〔註 45〕

安西書寫中，粗獷雄放的詩風，不僅順應了現實環境及其描寫的需要，內容與風格相得益彰，還利於直抒胸臆，透徹地表現凌雲壯志和堅定的信念，滿懷熱忱與信心，成爲唐詩安西書寫中的主流風格。

〔註 45〕關於韻腳的劃分及統計，可參閱黃曉東、寧博涵：〈論唐代邊塞詩中的韻〉，《新疆大學學報（哲學·人文社會科學版）》，第 42 卷第 5 期，2014 年 9 月。

二、質樸自然

質樸自然的詩歌風格，最早可溯於詩經、漢樂府。詩歌在經歷過魏晉的自然超脫，北朝的粗獷渾然，南朝的細膩綺麗等主流探索開發後，在唐代形成了多元化的發展，很多詩人也在這諸多的風格中進行著模仿、嘗試與新變。在安西書寫的詩歌中，如趙嘏〈昔昔鹽〉系列組詩（卷二十七，頁 374）、李廓〈雞鳴曲〉（卷二十九，頁 419）等，就頗具漢樂府之制式、韻味。唐代詩人還在「看盡繁華」後，汲取各代各家之長，逐漸領悟出了「豪華落盡見眞淳」的妙處。於是，質樸自然這一風格，到了唐代，有了更加深入的把握和探索。

宋代嚴羽在與宋詩相較中，得出了唐詩主「性情」、講「興趣」、尙「意興」的特點，從而達到「言有盡而意無窮」的效果。〔註 46〕嚴羽概括之言非虛，唐代很多詩人的確有著這樣的文學追求，如白居易〈問劉十九〉（頁 4900）、崔顥〈長干曲四首〉（頁 1330），好像一幅幅生活中眞實的素描、錄影，並沒有綺麗紛繁，也沒有浪漫熱烈，卻率眞自然，別有新趣。在安西書寫中，就有很多詩歌，取調便是這樣質樸平實，平鋪直敘，勾勒白描，不細緻寫景，不引經據典，不深入渲染，不長呼高歌，篇幅往往較短，以五、七言絕句或古體居多。如王維〈渭城曲〉（卷一百二十八，頁 1306），四句成名，前兩句描寫，暗示分離，後兩句「勸君更盡一杯酒，西出陽關無故人」則直接敘述、記錄送別之語，是人們生活中最普通不過的話別，卻是平白中深切眞情的訴說。他如岑參之作：

〈逢入京使〉

故園東望路漫漫，雙袖龍鍾淚不乾。馬上相逢無紙筆，憑君傳語報平安。（卷二百一，頁 2106）

〔註 46〕（宋）嚴羽著，郭紹虞校釋：《滄浪詩話校釋》，北京：人民文學出版社，1983 年 8 月版，頁 26。

〈醉裏送裴子赴鎮西〉

醉後未能別，待醒方送君。看君走馬去，直上天山雲。（卷二百一，頁2101）

〈赴北庭度隴思家〉

西向輪臺萬里餘，也知鄉信日應疏。隴山鸚鵡能言語，爲報家人數寄書。（卷二百一，頁2107）

〈寄韓樽〉

夫子素多疾，別來未得書。北庭苦寒地，體內今何如？（卷二百一，頁2101）

再如以下幾例：

〈秋閨〉　鄭愔

征客向輪臺，幽閨寂不開。音書秋雁斷，機杼夜蛩催。（卷一百六，頁1107）

〈塞上寄內〉　崔融

旅魂驚塞北，歸望斷河西。春風若可寄，暫爲繞蘭閨。（卷六十八，頁768）

〈子夜四時歌四首．秋歌〉　李白

長安一片月，萬户擣衣聲。秋風吹不盡，總是玉關情。何日平胡虜，良人罷遠征。（卷二十一，頁264）

〈五雜組〉　雍裕之

五雜組，刺繡窠。往復還，織錦梭。不得已，戍交河。（卷四百七十一，頁5348）

以上詩篇，都是平白淡然的敘述，或是直接將日常對話鋪排入詩，不加修飾，讀來卻能體會到無盡深情，或領略其言外之意。這樣樸實無華、自然眞淳，但更富「興味」，更具張力。

此外，這樣「自然質樸」的追求，還體現在一些鋪寫有時空上對比與映襯的詩中；亦即雖是平白敘語，但對照之下，更能表現出安西、家鄉相距之遠、之久，相隔之痛。如：

忽見天山雪，還疑上苑春。（張文琮〈昭君詞〉，卷十九，頁 214）

梅嶺花初發，天山雪未開。（盧照鄰〈梅花落〉，卷十八，頁 197）

歲盡仍爲客，春還尚未歸。明年征騎返，歌舞及芳菲。（崔湜〈早春邊城懷歸〉，卷五十四，頁 666）

去年戰桑乾源，今年戰蔥河道。（李白〈戰城南〉，卷一百六十二，頁 1682）

也許只是思人口中的閒言碎念，但這種直接鋪寫的方式，卻更能體會到其中的情景交融，爲整個詩篇帶來烘托、映襯的效果。

然而，由於安西書寫的詩歌大多關注和反映現實，雖自然天成，但並未向沖淡平和、超然飄逸的另一風格境界發展。

三、婉約纏綿

這種風格，基本上都出現在以男女思念爲主題的詩中，也許格局較小，但仍能夠在主流風格的「強勢」下出現，呈現出自己的特色，更細膩地進行「內向」情感的挖掘，可算爲唐詩安西書寫的風格提供了另一個方向和蹊徑。在第三章也曾提及，表現思念之情，常採用代言體，以女子口吻來表達，柔情婉約；有時用征人思婦兩相對照、呼應的形式進行創作，更顯情絲纏綿。如下例詩：

〈相思怨〉　李元紘

望月思氛氳，朱衾懶更熏。春生翡翠帳，花點石榴裙。燕語時驚妾，鶯啼轉憶君。交河一萬里，仍隔數重雲。（卷一百八，頁 1114）

女子獨在深閨，早已懶於熏香梳妝，暗自望月，思念玉人。詩中還細緻描繪了春季到來，羅帳花裙，鶯歌燕語，本都是美好事物，但在主角看來，都顯得毫無意義，反而和現實形成反差，只能提醒和加深她如層雲般深厚連綿的思念。此詩「有聲有色」，精緻婉麗，細細品讀，頗有花間詞的風韻。

值得關注的是，安西書寫中，這種婉約纏綿的風格卻有與眾不同之處。如果說，提起人們印象中的婉約，常會聯想起的，是結著愁緒的江南女子的話，更多安西書寫中的這種婉約，並不十分含蓄，而是時而柔軟纏綿，時而顯露流轉，頗像北方女子氣質的表達，如下詩例：

〈山鷓鴣詞二首〉　蘇頲

玉關征戍久，空閨人獨愁。寒露濕青苔，別來蓬鬢秋。

人坐青樓晚，鶯語百花時。愁多人易老，斷腸君不知。（卷七十四，頁814）

〈效古〉　皎然

思君轉戰度交河，強弄胡琴不成曲。日落應愁隴底難，春來定夢江南數。萬丈遊絲是妾心，惹蝶縈花亂相續。（卷八百二十，頁9247）

詩中的鶯曲花木，雖然也是閨閣常見有所寄託之景，但描寫的細膩度，以及與現實的反差並不足夠；也就是不重鋪排，只取意境。而且在開頭或結尾處，都會直接或間接地點明纏繞不絕的愁緒，彷彿是情愫纏繞流轉，最後情切難耐而吐出，更有藝術效果。次如陳陶〈水調詞十首〉：

黠虜迢迢未肯和，五陵年少重橫戈。誰家不結空閨恨，玉箸闌干妾最多。

羽管慵調怨別離，西園新月伴愁眉。容華不分隨年去，獨有妝樓明鏡知。

憶餞良人玉塞行，梨花三見換啼鶯。邊場豈得勝閨閣，莫逞雕弓過一生。

惆悵江南早雁飛，年年辛苦寄寒衣。征人豈不思鄉國，只是皇恩未放歸。

水閣蓮開燕引雛，朝朝攀折望金吾。聞道磧西春不到，花時還憶故園無。

自從清野戍遼東，舞袖香銷羅幌空。幾度長安發梅柳，節旄零落不成功。

長夜孤眠倦錦衾，秦樓霜月苦邊心。徵衣一倍裝綿厚，猶慮交河雪凍深。

瀚海長征古別離，華山歸馬是何時。仍聞萬乘尊猶屈，裝束千嬌嫁郅支。

沙塞依稀落日邊，寒宵魂夢怯山川。離居漸覺笙歌懶，君逐嫖姚已十年。

萬里輪臺音信稀，傳聞移帳護金微。會須麟閣留蹤跡，不斬天驕莫議歸。（卷七百四十六，頁 8490）

著眼空閨園樓，淒婉哀怨，思念纏繞，與其他詩作一心報國、慷慨激揚的風格有一定反差。再如：

〈擣衣篇〉　劉希夷

秋天瑟瑟夜漫漫，夜白風清玉露漙。燕山遊子衣裳薄，秦地佳人閨閣寒。欲向樓中縈楚練，還來機上裂齊紈。攬紅袖兮愁徙倚，盼青砧兮悵盤桓。盤桓徙倚夜已久，螢火雙飛入簾牖。西北風來吹細腰，東南月上浮纖手。此時秋月可憐明，此時秋風別有情。君看月下參差影，爲聽莎間斷續聲。絳河轉兮青雲曉，飛鳥鳴兮行人少。攢眉緝縷思紛紛，對影穿針魂悄悄。聞道還家未有期，誰憐登隴不勝悲。夢見形容亦舊日，爲許裁縫改昔時。緘書遠寄交河曲，須及明年春草綠。莫言衣上有斑斑，只爲思君淚相續。（卷八二，頁 885）

此詩對閨閣中女子情思的描寫，既細緻哀婉又淋漓盡致，是安西書寫中婉約纏綿風格中不可多得的佳作。而且，這類詩歌中多採用「細微級」、「柔和級」的韻腳，對於表達憂鬱、哀傷、纏綿的感情更有助益。〔註 47〕

需要說明的是，對於一首詩歌而言，這些特色的形成，往往是一個多因素共同作用的產物，在多種意象、多種手法搭配使用的推動下

〔註 47〕參閱黃曉東、寧博涵：〈論唐代邊塞詩中的韻〉，《新疆大學學報（哲學・人文社會科學版）》，第 42 卷第 5 期，2014 年 9 月。

完成，從而再共同組成了「同而不同」的安西書寫詩歌群。而本章對於安西書寫詩歌藝術特色的論述，是在對每首詩歌的整體考察的情況下的概括性總結，取其主要的、常見的共性特點進行著重分析，有時還會針對一段安西書寫的語句進行舉例分析，並且分類羅列，便於論述與閱讀。希望能夠透過這樣的分析，將唐詩安西書寫的綜合多樣的藝術成就和獨特魅力，較系統性地呈現出來。